起舞弄清影

Dancing with Moon-light Shadow

周郎 著

真实反映了社会大变迁的背景下，都市中人与自然、人与人以及人与社会关系的特点、冲突和重构。

知识产权出版社
全国百佳图书出版单位

图书在版编目（CIP）数据

起舞弄清影 / 周郎著. — 北京：知识产权出版社，2016. 11
ISBN 978-7-5130-4615-2

Ⅰ. ①起… Ⅱ. ①周… Ⅲ. ①诗集—中国—当代 Ⅳ.①I227

中国版本图书馆CIP数据核字（2016）第283391号

内容提要

这部诗集是从一位资深金融人士的视角，用诗歌的语言，以类似于日记或写实的手法，对诗人过去若干年里的生活、工作和游历进行了记录，真实反映了社会大变迁的背景下，都市中人与自然、人与人以及人与社会关系的特点、冲突和重构。

为丰富这种纪录方式，诗集几乎涵盖了所有的中文诗歌体裁。其中，近体诗（或称格律诗词，包括五绝、五律、五言排律、七绝、七律、七言排律、词等七个子类）占了近70%的篇幅；其次，古体诗、新诗也有所涉及，但篇幅不多。

且根据诗歌所吟咏对象的不同，在上述不同子类下，又大体分为“触景感吟”“出游行吟”“古今感怀”“听心密语”“友朋欢聚”“赠友人”等细分类别。

责任编辑：陈晶晶　　**责任出版**：孙婷婷

起舞弄清影

周　郎　著

出版发行：知识产权出版社有限责任公司　　网　　址：http：//www.ipph.cn
社　　址：北京市海淀区西外太平庄55号　　邮　　编：100081
责编电话：010-82000860转8391　　责编邮箱：shiny-chjj@163.com
发行电话：010-82000860转8101/8102　　发行传真：010-82000893/82005070/82000270
印　　刷：北京中献拓方科技发展有限公司　　经　　销：各大网上书店、新华书店及相关专业书店
开　　本：787mm×1092mm　1/32　　印　　张：6.75
版　　次：2016年11月第1版　　印　　次：2016年11月第1次印刷
字　　数：140千字　　定　　价：28.00元

ISBN 978-7-5130-4615-2

序 言

与周兄昔日同窗多年，相交甚欢。他为人敦厚、才华横溢，而今纵横驰骋在金融界，是我辈中的佼佼者。恰逢周兄诗集即将付梓，欣然为文以记之。

初闻周郎出版诗集，心底泛起的是敬佩之情。诗和远方的梦想者众，而能够坚守下来甚至将字字推敲、诗体繁多的精心之作汇成一部洋洋洒洒的诗卷的人实属凤毛麟角。同为文字工作者，虽然自己是个诗歌的门外汉，却也深知“吟安一个字，捻断数茎须”背后的煞费苦心与豁然贯通的欣喜之情。正因如此，为文作序于我而言充满诚惶诚恐之感。

记得世纪之交的大学校园，游走着大量的校园诗人，是那个时代所特有的标记。我的师哥磊子就是其中一位，他热切地崇拜顾城和海子，彼时的我则全然不懂，附庸风雅地混迹在众多粉丝中间，虔诚、懵懂地对颇有些清高、自负的他充满仰慕，结果换来了他一卷卷诗集的阅读资格。现在想来，他的手抄诗是我对诗歌意识的启蒙教材，时至今日我仍记得其中一些颇具刺痛感的文字。而今，捧着周兄的诗集，仿似面对磊子师哥的手抄诗一般，景仰之情油然而生。诗歌真正触动我内心、至今尤难忘记的场景有二。其一是十余年前我求教于臧乐源教授，他操着山东口音声情并茂地现场诵读其父臧克家先生的诗作，也即那首被广为传颂的经典之作——“人生永远追逐着幻光，但是谁把幻光看作幻光，便沉入无底的深海”。当时的感触是，这是多么富有禅意的妙手佳句，而为诗时臧克家先生尚是不满弱冠的文学少年啊！其二是听乡愁诗人余光中先生的讲座，白发苍苍的先生当场吟诵他那首著名的《民歌》。他领一句“风”，数百听众齐声回应“也听见”；一句雄浑的“沙”，众口齐声接道“也听见”……，在现场的我被彻底震撼和洗礼，现在想来都是余音绕梁、回响耳畔。

不知从何而始，“你们全家都是诗人”竟成了调侃与戏谑之语。诗人们的消失、情怀的黯淡是一个社会多么可悲的事情。是啊，这个跃迁的大时代民殷国富、人稠物穰。然而，熙熙攘攘的生活、廉价泛滥的信息却也无时无刻不在挤占着我们自由思考的空间。所谓黏性十足的通联和交际方式，日益固化着我们的思维，使得我们每一个人像黏在蛛网上的飞虫，在徒劳地挣扎；哪怕飞抵地球的另一端，也让你无所遁形。想想忙碌奔波的现代人大都带着一颗疲惫的心灵，心底的文化绿洲渐趋荒漠化，惆怅不已。

好在，有周郎的诗。翻看诗集，但见主题丰富，人文风物、怀古伤今、寄情山水，乃至忧国忧民之情无所不及，或咏或叹，或歌或颂，细细读来顿感清新隽永、情文并茂。一首首诗就像一幅幅质感极强的画卷跃然眼前，让我等深感周兄在秉节持重的表象下，更有着旷达不羁的一面。子曰：“质胜文则野，文胜质则史”，能将文质巧妙汇融、浑然一体，并且神气十足，实属不易。身处名利喧嚣、孜孜以求的金融界，周兄能得如此闲情逸致，坚守内心的淡然，在诗歌的园地上起舞弄影，更是难得。文章得失不由天，期待着周兄能继续如此这般的兴酣思飞，佳作倍出。

李泽广

2016 年 7 月 10 日于南开大学

自　序

古人云："熟读唐诗三百首，不会作诗也会吟。"这句话，在 2013 年以前我是信奉不疑的。实际上，从小学开始，我就对诗词的韵律有一种特别的喜爱，觉得那种韵律很美，因此非常喜欢诵读唐诗和宋词。虽然至今能背下的诗词不多，但是读过的诗词应该比同龄人要多一点。那时，我从没有想过，自己有一天也可以像读过的诗词作者一样，自由地写作诗词。

微信的出现，改变了很多人的生活，也影响了我。一开始我也在朋友圈里写一些对生活、工作和时事的感想和评论，对于诗词，并没有勇气去尝试。转变出现在二零一三年农历九月初九，这一天正是传统重阳佳节。那一天，北京阴云密布、寒气袭人，心情不免有些低落。重阳节又往往和家人的团圆联系在一起，于是很自然地我想起了逝去的父亲，突然有一种强烈的冲动，希望用一首诗来表达这种心情，于是我根据记忆里唐诗的格式，搜肠刮肚地考虑了一下午，终于写出了一首《九月九思亲》：

浓云浅雾染京畿，恰是一年重阳时。

魂飞千里故乡地，落向坟茔声声急。

后来我把诗放进了朋友圈，立即得到了大量的点赞和好评，很多朋友说非常理解我对亲人的思念之情。仿佛在那一瞬间，我感受到了诗歌创作的魅力——它可以帮你去记录心情并和朋友分享。于是，我开始努力每天去写诗，不管是在繁忙的工作间隙，还是在茶余饭后，抑或是在差旅途中，只要有感觉，就努力去写，写诗便成了和一日三餐一样普通的事情。在创作的过程中，时常感到像是在跳舞一样，无拘无束，充满自由。这也是本诗集取名《起舞弄清影》的主要原因所在，当然也是借用了苏子那首脍炙人口的《水调歌头》中的名句。

初期的一些诗，从目前的眼光来看，除了押韵以外，其他的特点，比如平仄、对仗和用典等都没有认真考虑，只能称得上是古体诗，而不是要求更严的近体诗（格律诗）。大概在二零一四年六七月的时候，我的忘年交——教育部教育发展研究中心的张力主任，一位仁厚的智者，鼓励我多看看有关诗词创作方面的基础书籍，以便了解格律诗的创作规律。在他的鼓励下，我买了王力老师的《诗词格律》等几本书，开始了较为专业化的学习，后来又陆续看了一些类似的工具书，并按照书中总结的规律，在平仄、对仗、用典等方面悉心领会，并努力多次尝试，终于在格律诗词方面开始有所进步。所以这本书的出版，我首先想感谢的人，就是张力主任。其次，我的挚友——中传金控股权投资基金公司总经理杨晓东先生，长期以来一直关注着我的诗歌创作，提出了很多中肯的意见，在本诗集出版过程中也给予了宝贵的帮助；我的同窗好友李泽广教授（现任南开大学金融学院国际金融系主任、硕士研究生导师），一位年轻而睿智的金融学者和诗人，在百忙之余，为我的诗集写下了序言，借此机会向他们表示诚挚的谢意！

几乎每次在朋友圈里发新诗，都得到了朋友的点赞，还有不少朋友对我的诗词进行了评论，并提出中肯的修改意见。本诗集中的一些诗词，就是根据这些建议定稿的，所以也可以说，这本诗集是我和朋友们共同创作的。感谢这些陪伴我一路走过来的朋友们！

诗词是中华文化的瑰宝，是中国人精神生活的重要组成部分，大多数国人都是从一首首耳熟能详的唐诗、宋词开始自己的文化启蒙，甚至可以说诗词塑造了中国人的秉性，丰富了中国人的内心世界。我的母校——南开大学中华古典文化研究所所长、古典诗词泰斗叶嘉莹先生曾说：“诗，让我们的心灵不死！”此言诚矣！我感到比较幸运的是，自己在尚年轻的时候，便有机会用诗词去表达心情并和朋友们分享。

这是我的第一本公开出版的诗集。收录的诗词是从一千多首诗词中精选出来，虽说是精选，但我仍如履薄冰，担心才疏学浅、贻笑大方，也恐难以让每一个读者满意。尽管如此，我还是抱着一种学习、交流的心态，希望读者朋友们不吝赐教。

谨以此书献给天堂里的父亲！

周郎

2016 年 8 月 30 日于北京金融街

目录
CONTENTS

第一章　近体诗

第一节　绝句

一、五绝

（一）触景感吟

（二）景致写真

（三）友朋欢聚

（四）听心密语

（五）谈古论今

（六）赠友人

（七）祭奠

二、七绝

（一）触景感吟

（二）出游行吟

（三）咏志

（四）赠友人

（五）听心密语

（六）友朋欢聚

（七）祭奠

（八）其他

第二节　律诗

一、五律

（一）触景感吟

（二）感怀

二、七律

（一）触景感吟

（二）感怀

第三节　词

（一）触景感吟

（二）听心密语

（三）古今感怀

（四）祭奠

（五）其他

第四节　排律

一、五言排律

二、七言排律

第二章　古体诗

第一节　四言古体诗

第二节　五言古体诗

（一）触景感吟

（二）感怀

（三）其他

第三节　七言古体诗

（一）触景感吟

（二）出游行吟

（三）友朋欢聚

（四）感怀

（五）祭奠

（六）其他

第三章　新诗

（一）触景感吟

（二）感怀

第一章　近体诗

第一节 绝句

一、五绝

（一）触景感吟

夏夜吟

待到霓虹稀，此心付与诗。
万般随夜灭，却喜得新词。

咏秋

秋雨共神州，未添千古愁。
别时风送客，万里心悠悠。

秋望

北国秋意重，南望抵吴中。
明日征程启，今宵别绪浓。

秋日感吟

霾随秋雨尽，日朗晴空蓝。
万里无他物，一心观此天。

秋雨

秋雨催秋凉，凭栏心欲慌。
非因忘携伞，时过黯神伤。

京城大风歌

狂飙何处来？暴怒几时休？
霾尽无穷碧，驱车南下游。

霾夜感吟

新霾与旧愁，俱会催人老。
霾散去随风，唯留愁不少。

云天颂

晴空万里蓝，朵朵白云闲。
相看不相厌，桃源同此天。

辞京往蒙北

北辞帝都日，云绕碧空时。
一跃薄寒宇，兴安[①]我来迟。

盼

寒星数点泪，冷月一船辉。
薄梦随风逝，伊人何日回。

① 此处“兴安”指大兴安岭。

（二）景致写真

早春

翠竹犹忆雪，枯木已争春。
新蕾枝头冷，赏花待旧人。

京城早春

大风啸帝京，寒气荡白云。
萧索无边处，百花已孕春。

桃花傲

风吻清香留，含情还蕴羞。
欲得万千宠，开至桂花秋。

咏冬

风冻北京城，酷寒连夜生。
迟迟未飞雪，松柏苦相撑。

冬夜

树下几人影，河边万点星。
寒风似识我，拂面已初停。

寒夜穿霾归

深霾伴酷寒，两害苦无边。
稍待东风到，碧云飞九天。

霾

刺天九万丈，立地八千钧。
威猛欲扑兽，凄凄万物吞。

京城大风吟

风急天愈高，碧宇流云白。
澎湃草如浪，花香何处来？

大风吟

狂飙落九天，昨夜吹幽燕。
放眼霾将尽，目收山海关。

京城吹尽沙尘暴

狂沙吹尽后，碧宇重归时。
春景应无损，赏花切莫迟。

小游盘山[1]

天子爱奇山，楚人忆美篇。

桃花知我意，含笑立石间。

（三）友朋欢聚

醉迎沈阳友人

朋自沈阳来，相逢对饮欢。

临别杯再举，不醉不须还。

与阿文兄一众好友夜饮望京

向晚阿兄唤，相邀至望京。

麦茶遇美酒，老友新朋情。

宋府夜宴

入夜客成群，来登宋府门。

高谈兼阔论，皆是有缘人。

① 乾隆皇帝一生中 32 次巡幸盘山，留下了赞美盘山的诗作 1366 首，并修建了继北京圆明园、承德避暑山庄之后的第三座皇家园林——静寄山庄。乾隆的替身僧人云海就在盘山天成寺出家。“早知有盘山，何必下江南！”这是乾隆皇帝初游盘山后写出的千古名句。笔者祖籍湖北，故以楚人自居。

（四）听心密语

春

和风暖故都，芳草绿新锄。
回首十余载，几曾春日读？

冬夜行

流光扮夜城，乐舞啸清风。
多少不眠客，红尘付此生。

晨练感吟

秋凉念被暖，犹悔入眠迟。
但恐冬来早，强身应趁时。

午食眉洲人家

温滑小菜粥，钟水饺香稠。
皆是寻常物，心安无所求。

京城夜作

独处索新句，聚合作旧题。
除非心已死，不可无诗词。

奇石赋[1]

日月有情痴，万年孕此石。
古今风雅意，四海凭谁知。

少年读

屋后菜田旁，无人晓墨香。
当时万事灭，唯有读书郎。

病中感吟

爆竹声欲聋，病来山几重？
明日遣幽怀，直上香山东。

（五）谈古论今

出行夜记

展翅越东瀛，浪涛平不平？
桑田变沧海，欲效古人行。

笑评股市

溅落雨纷纷，凌空龙踏云。
人心岂可测，股市似人心。

---

① 吾友天津王氏，敏而好学，尤喜藏奇石。每有新品，必唤众友共赏之。昨夜余受邀赏其佳品，并奉命作五绝一首，以为风雅之事也。

鄱阳湖怀古

泽畔沐风立，似闻擂鼓声。
江山几易姓，唯望金陵城。

新年初雪遥寄台

夜闻白雪飞，晨起浅霜微。
华夏若安好，何愁台海归？

游秦皇岛感怀

得意人生日，秦皇一统时。
果服不死药，千古谁人敌？

观南海局势而作

万亿碧波浪，茫茫我海疆。
家园虎狼闹，已令上枪膛。

（六）赠友人

赠刘神医

昔闻扁鹊名，钦敬油然生。
今睹刘郎艺，殊为神技惊。

赠王兄

津门有俊才，江海入胸怀。

谋略绝今古，疑从天上来。

（七）祭奠

悼成老[①]

兴邦多惑疑，问政少思危。

已献锦囊计，中华必佑飞。

悼马教授

匆匆一甲子，三尺讲习台。

忍看巨星落，苍天总妒才。

悼诗人汪国真

盛世独缺诗，诗人何忍去？！

忆君思少年，再诵尘封句。

---

① 成老，即原全国人大常委会副委员长成思危。笔者在南开大学求学时，成思危受邀担任经济学院特聘教授，开设虚拟经济等课程。

为上海跨年夜遇难者而作

沪上跨年夜，灯光秀不同。

游人应无罪，何忍响丧钟？！

国耻日感吟

华夏多劫难，相依国与家。

耻明而后勇，勿忘九一八。

伤逝

大河奔东海，何日复西归？

岁岁年终日，伤心总有泪！

二、七绝

（一）触景感吟

早春

无声烟雨洗京华，半树春红一地花。
此景只合送孤侣，兰舟渡口正催发。

早春黄昏漫步

雀鸣耳畔清音娇，风戏枝头嫩萼摇。
常怨帝都春到晚，始知君至静悄悄。

春

碧水微澜天映镜，白堤翠柳丹檐亭。
春光似酒人将醉，入海乘舟别帝京。

咏春

晨月依稀花惹人，佯装未见好前行。
匆匆暮色悄然落，才起相思天盼明。

赏春

绿浪红波春满城，朝夕络绎赏花人。
幽香渐远归何处，总为多情来路寻。

陋室迎春

晴光俊彩入轩窗，翠叶红花新扮装。
春至无须踏行远，伊人已伴我身旁。

咏春花之色

红似分为千万重，白虽寂寥淡夹浓。
深深浅浅不相厌，唯愿流连花圃中。

桃梨争春

双美争春一处开，飞红飘雪惹人怜。
才生爱慕桃枝下，又起相思梨叶前。

燕京喜迎春雨

万点千丝湿小院，推窗览胜应觉寒。
难猜倩影来何处，许是瑶池夜半还。

春日京城遇霾

才过清明花正红，恶霾一至失颜容。
东风本应京城驻，莫使春光化作空。

春日京城再遇重霾

燕山横亘东风阻，直教花负赏春人。
豪雨应能击万丈，一一涤荡扫顽尘！

盛夏幽林纳凉记

燕京城里欲熔金，未料此间有密林。
一遇清风拂面过，便如方外深山人。

咏秋风

秋风最是无情种，漫卷枝丫扫落红。
已忘春芽斗霜苦，不留片绿给寒冬。

咏秋

秋风秋雨满香山，黄叶黄花映玉潭。
鸿雁南飞已在望，京师岁月又一年。

夏雨

一逢雨至似深秋，好梦易得无所求。
何使三伏去无影？朝朝豪雨落城头。

盛夏豪雨

电光一闪破长天，雷暴数闻撼铁关。
谁令秋寒罩大地，乱风扑面雨无边。

京城夏雨

梦似阴云恨聚散，纱如细雨愁轻薄。
京城又被江南换，今日秋寒更胜昨。

夏雨感秋凉

江山一统谁堪任？骤雨阵前无二国。
再入神州忘南北，秋凉天下一般多。

夏至逢酷暑

可谓京城火焰山，面焚背炙已身残。
危楼欲化钢石裂，野鸟不飞羽翼燃。

京师暑热吟

酷暑袭来万物残，尽添痴傻与心烦。
盼得入夜凉风起，种种释然无限欢。

书于立秋之节

犹困三伏庆立秋，秋来赏月倚危楼。
潇潇秋雨花将瘦，莫若夏花雨里游。

秋日私语

碧空万丈由谁洗，纵是天工也羡奇。
浪漫清秋风窃窃，暂托明月话相思。

咏秋雨

巨雷滚滚雨磅礴，今夜秋凉更胜昨。
且枕诗书幽入梦，此情不逊庄生多。

秋雨

谁家纸墨落天穹？妙笔挥腾出淡浓。
满蘸乌汁吐一色，溢出雨帘万千重。

霜降时节漫步京城

燕赵金风缓缓吹，万植肃立忆芳菲。
半身黄叶半身翠，岁月风华不可追。

冬咏

叶黄更比秋时浓，富丽多情暖此冬。
昔日荷塘月下语，已随莲落化为风。

冬晨吟

朗日窗前见碧空，何堪回头霾万重！
凝眸更应时时望，羁旅心忧雾愈浓。

咏冬晨

西风尽显寒冬威，片叶不留万木摧。
霾雾遁逃千里外，朝霞如海竞芳菲。

雪

人道京城正飞雪，凭栏四望无芳踪。
偏心何故眷别处，一片深情却落空。

补题京城初雪

赏雪他乡孤旅心，京城雪落倍觉亲。
满园霜色景无数，美酒纵缺诗可吟。

冬寒吟

雪化冰封生酷寒，京师深冷非一般。
虽无冰雪苦相对，赤胆热肠方可堪。

风叶恋

风缠枝叶情深深，无限爱思化作吻。
叶落翩翩迷万类，凄凄着地成飞魂。

大风歌

十万神兵俱下凡，狂飙怒吼破青天。
冰凉刺骨谁能挡，高处始知不胜寒。

朔风除霾歌

朔风原是丹青手，意兴挥毫天地舞。
不屑前人点霾色，夕阳落纸映寒树。

咏朔风

来时万物皆臣服，谁敢傲霜长驻足？
去后豪杰无觅处，奇寒方铸大丈夫。

朔风

千钧霾雾硬如铁，宝剑莫能寸寸切。
一宿烈风胜无数，碧空万里远山接。

观雨

汽蒸寰宇看风云，苦盼君临已断魂。
叱咤两声电雷现，一消酷暑凉乾坤。

与好友游密云观雨

暂忘案牍闲适心，已别喧闹自由身。
幽山静水江南雨，谁晓周郎藏密云？

雨后河畔晨跑

丁香槐木满园栽，草覆河滨映绿苔。
蛛网一帘孕幽梦，不期撞入我胸怀。

雨天寄住白龙潭

夜雨如涛秋梦短，花香似酒鸟鸣空。
芒鞋竹杖随心去，来路归途山几重？

与友人雨中游桃源仙谷

桃花已落忆桃花，秋雨飘零河畔鸭。
围坐凭栏傍溪水，纸牌酣斗笑哈哈。

骤雨将至吟

楼下暖风树上蝉，黑云游走隐群山。
翠竹蔽日温香透，骤雨欲来汗已沾。

暴雨夜袭京城

未见哪吒闹东海，眼前风雨惊天神。
汪洋澎湃连街巷，愁煞京华夜路人。

独饮西单逢豪雨

半盏清茶午后天，轻呡独饮一身闲。
骄阳似火又风雨，笑对阴晴望远山。

京城雨夜

姗姗细雨去顽尘，放眼人间已近春。
纵有胸中万层怨，江山对望定销魂。

京城霾天遇雨

不堪霾雾黎民怨，秋雨袭来誓换天。
已近黄昏恨无色，幸留纯净在人间。

云天有情

不老苍天万古情，白云不语芳心明。
从来伴侣是绝配，永盼携手日日晴。

咏云天

美景难求值万金，碧空云海亦惊人。
捐得万两黄金后，能沽此景在明晨？

云天吟

垒就彩云天上城，神奇造化万般生。
恢宏雄壮终归灭，事事何须苦苦争？

元宵节

冬雪渐消已近春，上元节里遇情人。
爆竹声重年将远，欢庆团圆缘几分。

上元节补记

岁岁今宵作绝响，新春至此庆方休。
几多滋味经年淡，浓味忆中方可求。

夜咏情人节

一轮弯月挂疏桐，玫瑰情人分外红。
应守姻缘至十五，那时月满耀星空。

游雾灵山

逃别市井隐深山，野木溪流别样天。
欲向云端瞰绝顶，惊雷乍响雨中还。

忆白草洼森林公园

车缘崎径九千弯，石洞野芳绿草边。
市井辞别有自在，林幽谷静无鸣蝉。

观滇池

鸥飞浪涌水云天，碧海风波在眼前。
雨若相思寸寸落，不知何处湿心田。

河畔晨练（之一）

薄衫汗透一身轻，胜似鲲鹏游北冥。
俗务纠缠非我愿，暂从芳草忘输赢。

河畔晨练（之二）

恰是绿多黄少时，秋回大地叶先知。
莫惜被暖思晨梦，一起西风岁已迟。

夜归望缺月

月明如雪半遮面，独掌穹宇霸广寒。
常有帝王不上朝，多情何必悲缺圆。

夜归

若非溢彩伴归人，夜走京城常断魂。
岂是寒风凛冽故，唯因岁尽少一春。

京城夜

万种风情人不寐，霓虹处处梦相随。
帝王将相烟云灭，旭日明朝满目辉。

有感于 APEC 蓝

西风曾拜杀霾将，每战必捷敌必降。
无限清澄净无染，岂非人力比天强？

随感

碧空本是寻常物，久住京城总欲求。
趁此佳期长对望，无须别后独相愁。

天府吟

难见川中半日晴，山高常有矮云生。
太白再世共诗酒，不愁蜀道向天横。

京城观树之四季

一身绿叶夏荫重，几场西风秋意浓。
满目空枝玉阳冷，万花新树春芽红。

临轩望外

轩外碧空绝染尘，正合放马轻无痕。
负约芳草青山老，独坐小屋亦断魂。

赴中家鑫园点评清华总裁班创业项目而作

冷雾凄凄去时路，归途已是云霞天。
前程常似观蜀道，自信人生可越攀。

和吴兄

青山河套遥相望，壮志在胸心欲狂。
兄弟豪情四野阔，同心戮力射天狼。

雾都

猛如龙蛟出东海，飞入幽燕化作霾。
一片皇城都不见，大千世界空余白。

记帝都重霾

一遇重霾风景残，可知今月是缺圆？
更因极目深深恨，本应此时霞满天。

（二）出游行吟

房山行

窦店金梨信手摘，农家小炒亦开怀。
驱车再向深山去，更有野芳迎客来。

密云山中水塘捕鱼

清浅草塘山下横，坐如蓑笠垂纶翁。
网鱼却比钓鱼易，鱼幼怜惜复放生。

夏游古北水岸

万里长城万里险，不思此处现江南。
乾隆虽有登临意，未敢劳民换秀川。

妙峰山

不负云天山外行，车随路转林中停。
绿荫傍水巨石险，山雨潇潇天正晴。

雨中十渡行

六月风云压帝京，驱车更向雨中行。
青山高耸仙踪隐，碧水浅流心意平。

游动物园

万牲园内万牲兴，马跃羊食燕雀鸣。
地远天高墙外望，笼中岁月最无情。

辞京南游前作

挥手京都逐彩云，此身犹在远飞魂。
大鹏劲跃山河小，从此天涯一散人。

南行前作

苍山群列候一人，洱海独流迎客心。
我自京华五千里，半生情意备于君。

返京途中作

我欲长天四海游，海天旷远吾心求。
狂风浊浪万般苦，自有锦囊计运筹。

南行偶得

帝都荆楚不同天，高铁飞龙半日连。
此去长江东望海，何须京师暂赋闲。

南游有感

长困北国霾雾里，每逢南下自欢喜。
碧空岂是厌京师？久盼不得无处觅！

秋游

此月曾经照汉唐，吾心也为卿痴狂。
兰舟千载石桥畔，浅草依依碧水旁。

夜抵苏州偶得

诗文妙笔誉姑苏，几卷江南戏几出？
终睹金秋美人面，沧桑世事一沉浮。

于金鸡湖畔而作

水乡岂是浪虚名，浩淼湖泊棹橹情。
烟雨江南近咫尺，闲时擎伞踏歌行。

游昭觉寺

锦官城北古禅林，元日祈福万象新。
庙外无常尘世客，寺中皆是有缘人。

过南阳白河怀古

出师尽表老臣心，自此南阳天下闻。
碧水彩舟汉时岸，秋风乍起思古人。

游中岳庙

分封五岳嵩山中，抱憾盛名输岱宗。
古柏千年绿依旧，树心之外皆为空。

游嵩阳书院

愿入青山三万天，借得书院品佳篇。
葱葱古柏幽幽立，听取书声千百年。

夜抵呼伦贝尔

草味清醇天堂美，金风阵阵人间吹。
明朝策马雄鹰伴，今夜醉眠放梦飞。

登犬鸣山

老树古藤掩旧屋，野花溪水傍荒石。
林深云矮通天路，逸兴勃发人已痴。

（三）咏志

咏志

快意人生当放歌，悲欢唱尽谱离合。
心如天外千层雪，一曲阳春化水泽。

大风吟

才去兴安不盼雪，曾经漠北已知寒。
京师风自三更烈，壮士心从今夜安。

随风缘

岁月如风风似剑，今生砺尽图一欢。
江湖有梦梦难醒，落叶溪流半世缘。

感怀

自古英雄多寂寞，气吞山海向谁说。
血干沙场月光照，不舍美人家与国。

（四）赠友人

为阿兄作

商海纵横谁不识，困于悍妇心极痴。
千杯尽饮求一醉，醒后去留兄应知。

和鹏校长 ①

阅此诗书喜若狂，兄台俊逸世无双。
弟为诗赋度闲日，他日邀君酌大江。

致母亲

怀胎十月一生情，母爱伴儿万里行。
哺乳之恩永难报，儿思伴母享余生。

赠王兄

举世风流谁至尊？津门胜地有王孙。
无羁豪迈江湖傲，妙计肥田千万村。

致友人

千钧重担一肩扛，慢待友朋皆为忙。
音讯渐稀君莫怪，此情似水东流长。

---

① 昨夜余偶得鹏校长七绝一首，才思跃纸，喜极，作此篇以和故友。

春雨浓浓谢母恩[①]

浓情一片雨纷纷，借取佳节谢母恩。
总爱家肴难止箸，儿今烹饪为娘亲。

赠肖老

绝世风光入慧眼，淡浓挥洒九重天。
道心鹤发神仙客，绘罢瑶池降世间。

赠吉林吴兄

未见吴兄先赏诗，吴诗绝美我心知。
京城此夜终相会，长叹晤君诚太迟！

（五）听心密语

夏夜抒怀

回回肠断谋宏图，屡屡魂飞耽古书。
诗韵征程两难舍，壮心犹似当年初。

---

① 西历五月十日，欧美人士之母亲节者也。夫此日虽为番节，然以孝母立节，使天下儿女皆得以言其孝，表其孝，岂不善哉！恰逢京城春雨霏霏，似窃语孝意。作此七绝献吾母兼天下之母也。

中秋前夕而作

翻飞思绪近佳节，身在青山方可歇。
明月京城两相守，为抛烦扰可揖别。

秋夜吟

万般心绪易成麻，凌乱错综不可拔。
凿井至深方见水，磐石也可磨为砂。

秋夜偶感

回眸冷看四十年，宠辱起伏哭笑颠。
应许残生随我愿，不学世故事人前。

秋夜感吟

皓月横空叹久违，何人明夜梦相随？
秋时渐入光阴短，莫道青春犹可追！

深秋夜吟

未见归鸿秋已深，归鸿已见衡阳人。
年年南去不知雪，岁岁北回总会分。

京城夜望漠北草原

惯听数日朔风威，却笑还能冷几回。
且驾大鹏临漠北，身捷正好雪中飞。

冬日感怀

运筹大业心如煎，破浪长风向日边。
血泪殷殷宏图浸，周郎问道又一年。

平安夜

平安之夜祈平安，新岁已临送旧年。
去岁问君意何似？恰如冰雪冬阳天。

蓉城闻京都落雪

京城亲友因何欢？玉蕊琼花启瑞年。
飞雪未逢虽有憾，此间儿女亦开颜。

静夜抒怀

屏息奋翼向天飞，不缚苍龙誓不回。
泪尽血干何所惧，除非铁骨化为灰。

静夜思

苍穹浩渺一粒尘，天广地深已断魂。
逝者如斯江海尽，古今守候唯一人。

月夜

一轮明月照白云，月定云移伴路人。
奇景现身夜半后，此中滋味一人心。

随感

流年往事恍如昨，细语风中谁与说？
今物和人皆不是，丹心岂可共蹉跎？

小年夜抒怀

韶华易老容颜迁，幸有佳节代代传。
虽又爆竹除旧岁，却无懵懂少年欢。

病中感吟

朔风未扰病中人，扫尽尘霾便隐身。
长望碧空胜良药，更添慰藉送白云。

自励吟

一腔热血两行泪，发雪频添心未悔。
桑梓久别音不改，苍龙不缚誓难回。

酒后吟

今朝有酒今朝醉，明日无诗明日死。
未死只需夙夜吟，笑评百态论诸子。

诗词吟

诗言壮志词传情，日作新篇心自明。
坟后碑前付一炬，化为神曲天国听。

霾天感吟

望断香山无尽霾，艳阳可待藐尘埃。
此生未敢称卿相，犹信老天不妒才！

禅心

万事悠悠万念迷，拈花秀指启菩提。
疏狂天地古今笑，红尘做伴向须弥。

思

儿宿学堂父牵挂，猴王欲拜学分身。
已知明夜即重聚，犹盼见儿在明晨。

黄昏听雨而作

听闻屋外雨淅淅，暗喜今宵诗有题。
更晓明朝大风卷，碧空似海应如期。

问天

半世疏狂生死命，千樽烈酒古今情。
江湖放浪谁堪问？天地豪歌日月明。

行路难

朝迎旭日夜观星，寸寸痴心一片情。
衣带已宽人不寐，奇峰最爱天边行。

（六）友朋欢聚

夜酌小食堂

馆外寒风隐隐吹，唇边烈酒又一杯。
浮沉宠辱寻常事，兄弟相扶伴月归。

会友并夜饮飞天大厦

俊才毕至飞天楼，问计群贤陇上谋。
再饮一杯痴笑醉，喜识新友在清秋。

南开同窗欢聚汤城小厨

同窗四载系南开，相会一朝聚帝都。
岁月容颜或可变，今宵回忆却如初。

与同窗好友夜饮凤凰汇

美酒入杯散异香，拼得酩酊愿一尝。
醒时兄弟忧天下，醉后无心较短长。

兄弟欢饮歌①

依稀旧梦卅年前，五虎豪情跃九天。
银发不藏旧日志，非因美酒喜如颠。

① 张兄者，吾之老友也，世居京都。卅年前，彼尝任京都汽车总厂之团委书记。与其同任书记一职者，计五人矣，皆交好之兄弟耳，每岁必聚，今夜又聚。特录此七绝而彰其事也。

与诸兄弟夜饮串府

串府似非旧游地，炙香却与往昔同。
况因兄弟皆豪爽，醉里哪知饮几盅？

与周、乔二兄夜饮旺池川菜

常约老友未成席，世事纷繁不可期。
畅聚今宵多进酒，明朝梦醒各东西。

黑土酒家夜逢贺总

夜入京城寒气盛，小楼轩暖客人心。
潘安再世惊回首，英武只缘生故秦。

与杜、李、侯诸兄弟夜饮传扬食府

浓汁粉藕忆洪湖，干面热食香气殊。
更进一杯四海阔，畅言不止忘归途。

与友人夜饮宋庄

陈酿茅台或可缺，经年知己必难得。
携来老友卅年酒，醇厚此情醒后觉。

与友人夜酌牡丹酒

人道牡丹国色香，群芳俯首自为王。
红颜和梦成佳酿，醇厚浓滑赛杜康。

与贺、杜、侯诸兄弟夜饮黑土印象

浓茶醇酿人将醉，话若投机赛酒神。
应恨店家打烊早，畅谈本愿到明晨。

与池、李二兄夜饮翠清酒家后作

湘味酒家客满楼，且谈且等共相谋。
入得雅室更高论，言不尽兴誓不休。

酒神谣

欲取鄱阳水万千，美酒酿成兄弟欢。
醉后须眠十甲子，管它世上忧和烦！

酒筵吟

会须沽酒三千杯，对饮李白席上催。
酩酊诗仙伏地卧，冲天一啸我为魁。

与爱女欢聚

宅门未入已闻声，疲惫顿消神智明。
笑语盈盈倚膝畔，天伦永乐人间情。

与南开同窗挚友畅谈

两语三言岂尽欢？天南海北纵横谈。
若无午后公家事，定启话题千万般。

与友人夜酌外婆家

莫笑醉乡梦里人，醒时仗剑看风云。
已将壮志酬沧海，应许冰心对月轮。

无题

仰天长啸思无涯，兄长唤来至酒家。
陈酿千杯不觉醉，依稀醉里欲封侠。

（七）祭奠

哭昆明

春城三月春光美，驿站游人不舍回。
恶煞狂魔肆意舞，刀光血肉冤魂飞。

为马航罹难乘客而作

寒空万米巨鹏翔，电火雷霆地狱光。
陨落冤魂鬼神泣，从今眷属梦乡长。

悼姚贝娜

当时台上好声音，今日化为来世魂。
生死岂非看天命，红尘定有断肠人。

悼青岛大爆炸逝者

雷霆玉帝覆昆仑，地裂山崩泣野魂。
膝下今冬做儿女，明春坟里多一人。

悼东方之星罹难者

佪水暗礁生死门，长江天险旧曾闻。
巨轮不碍从容过，独恨狂飙生野魂！

（八）其他

读史有感

书卷少年论汗青，忠奸善恶自分明。
如今方晓红尘事，谁可妄言已看清。

观影《孙悟空三打白骨精》有感

真经真相何为真？肉眼金睛难辨分。
唯有一心无二意，方除妖孽成真神。

教小儿西游故事有感·唐僧

转世金蝉赐御弟，八十一难志难移。
女儿国色终究弃，心若磁针永指西。

为嫦娥三号奔月而作

广寒此去路茫茫，回望嫦娥心已伤。
倚树桂花抚玉兔，半因寂寞半思乡。

闻俄友人访包公祠有感

铁面锄奸知为谁，恤民赤胆众心归。
刃锋饮血寒光射，贪佞不绝铡不毁。

有感于柴氏穹顶之作

销尽万金揭迷雾，惊天一怒为民呼。
红尘幸有忠良在，除却恶霾一女足？

有感于马文恋

妾乃香山老叶枫，夫为怒海小飞龙。
缘来万事皆为爱，缘去相思竟作空。

闻屠老摘桂而作

已是耄耋日暮人，一朝诺奖喜加身。
信疑褒贬四十载，方证中医药术真。

为蓝光地产北京公司财务部而作

数盏孤灯晓月寒，心牵账表未身还。
万民潮涌售楼日，须记巾帼非等闲！

闻恒大亚冠夺冠而作

群雄横扫我登顶，欢乐羊城不夜城。
喜泣癫狂君莫笑，称王称霸血来拼。

咏天鹅[①]

在地常蒙右军赏，巡天必引骚人观。
仙姿轻羽掠东海，道骨王心傲南山。

赞孙正义君

身材五短又如何？慧眼识金创帝国。
若是大郎目如炬，岂由性命妇人夺？！

贺张府爱子新婚

龙凤和鸣天地缘，郎情妾意满堂欢。
鲜花宝钻新人笑，海誓山盟心底间。

商战

诡计奇谋岂少见，敌我忠奸打斗酣。
不见硝烟与战火，却是厮杀似这般！

---

① 吾友张兄，京师顺义人。性豁达，广交友，爱美酒，兼好诗词也。每逢国之大典、佳节吉日、友朋筵席，常索诗句于鄙人，以为庆也。今又私语：吾喜天鹅，甚也。弟赋天鹅诗一首，可乎？吾未尝亲见此尤物，然亦心向往之。故欣然领命，润笔良久，成此七绝，不惧天下讪也。

夜食国贸

寒窗独倚览红尘，看尽天涯寻梦人。
一叶扁舟江海远，功名利禄若浮云。

伤美美

郭家有女人皆知，原委是非谁可识。
众毁销骨成一笑，当年炫富何其痴。

赴长沙临行前作

淅淅烟雨笼渔阳，飞越中原下潇湘。
万里河山曾煮酒，古今豪俊逐四方！

自唐山返京

一入帝都行路难，四方车海恨无边。
倚窗闲看霓虹乱，长叹何时复向前？

醉归

半醉之身两眼花，寒风解酒不须夸。
明朝策马江湖越，一笑群山向天涯。

观羽球赛

高下羽球飞不休，健儿腾跃勤攻守。
哪如馆外寒风烈，精彩此间热汗流。

富华楚商会馆论创业大计

桃园旧日三结义，共肇西蜀比魏吴。
今品香茗煮天下，四贤戮力踏征途。

硕鼠[1]

贪吝凶邪巨口张，无情扫尽万家粮。
人间公道莫愁少，恶报终来正气扬。

① 此诗讽喻天津市落马官员武长顺。

第二节 律诗

一、五律

（一）触景感吟

京华春咏

寒季庭园静，株株憔悴形。
东风前日起，新叶今朝明。
桃粉佳人面，梨白知己情。
春深不及半，花树满燕京。

夜风入京城

风呼千里外，夜半入京都。
松柏料无恙，恶霾定尽除。
晨观碧宇阔，午望白云舒。
春早花犹少，小园看翠竹。

咏月季

葳蕤片片绿，久盼绽新花。
拂晓饮晨露，黄昏伴晚霞。
一枝前日放，数朵今宵发。
香浅何须叹，风吹到我家。

终南山赋

天地孕奇山，佳名世代传。

全真有七子，道教出八仙。

祖脉藏云洞，神踪映碧泉。

此心飞探久，身却老幽燕。

（二）感怀

静夜思

冬夜古人事，明洁皓月心。

山河苦征战，百姓愁积贫。

盛世难常有，家国易久分。

永怀报国志，不负中华魂。

与张博士久别重逢并共商健康大计

三年未谋面，一见俱欢颜。

初晤在公署，再约共美餐。

有心齐破关，无意累繁言。

福祉黎民系，并肩誓梦圆。

抗日战争胜利七十周年大阅兵

京城大阅兵，遥祭英灵魂。
国破家何在？士亡气尚存。
同心抗倭寇，缪力正乾坤。
铁甲雄师吼，军威泣鬼神。

我有一壶酒（之一）

我有一壶酒，足以慰风尘。
先共太白醉，后与苏子分。
天下凭纵越，四海了无痕。
一叶扁舟去，只闻江湖人。

我有一壶酒（之二）

我有一壶酒，未曾示于人。
陈酿藏十载，醇香溢千寻。
独饮己心愧，长盼知音闻。
犹怕两皆醉，何处送别君？

侠客行（之一）

千日山中匿，半秋天下英。
二临易水处，数咏壮士情。
煊赫终化土，大功永刻名。
梁国有朱亥，侠客一人城！

侠客行（之二）

纵死亦无悔，侠心世代铭。
骨毒刮可愈，桃香义气凝。
不问风如晦，但惭身似萍。
世逢天上客，落地傲凡英！

侠客行（之三）

谁与共青山？能心任纵横！
书中常论剑，阁下偶传情。
白首相依老，太阴寂寞明。
玄衣寄鱼素，酥手阅书经。

二、七律

（一）触景感吟

游三峡

独爱平生赏山水，藏身奇岭不思归。
气蒸翠嶂悬棺隐，浪阻白舟巴曲飞。
大坝雄宏截巨流，长桥隽秀连天陲。
三游古洞盛名在，接踵今人品故碑。

姑苏秋夜吟

金鸡湖畔浪涛声，嘈切相闻情愫生。
自古江南孕才子，从来吴县润阳澄。
冰心一片微微雨，杨柳两依浅浅风。
今夜幽幽碧草岸，明朝暖暖姑苏城。

小游姑苏拙政园

一座秀园号拙政，盛名可抵半边城。
风流雅士楼台水，红粉佳丽榭亭风。
翠壁波光杨柳舞，白墙暗影蔓藤生。
常游此地出才子，美景迷人总引情。

春日即景

江南梅雨落京师，一点一滴双眼迷。
言短情长人去早，风寒衣冷夏来迟。
竹肥草瘦饮新露，云散天开怀旧词。
斜阳不舍青山外，锦霞熠熠映花枝。

玉兰花

蓦然移目向窗台，轩外玉兰花正开。
倩影婀娜游子去，清香淡雅故人来。
秋菊喜把文豪羡，冬雪恨将绝色埋。
不似寻常落红早，亭亭八月花犹白。

京城雨霁而作

汤汤夏雨落幽燕，点点琼汁育野田。
尽洗顽尘入荒漠，遍吹爽气出祁连。
静心远看香山叶，极目遥听王母仙。
已遣兰香清润肺，更留碧宇在眼前。

（二）感怀

贺南开金融系 2002 级硕士毕业十周年返校

集贤号令指津门，春满南开最可人。
三载学成济天下，终生泽被谢师恩。
依依杨柳大中路，切切乡思西南村。
地北天南故友汇，情思一段酒一樽。

第七届楚商群英会感吟

春风十里笑相迎，三月桃花正报春。
白虎涧幽能养志，碧湖水静可濯心。
京华骚客吟诗美，天下楚商论道真。
岂畏天高长路远，此生快意在凌云！

金融街感怀

虎踞皇城名利场，称雄华夏富足乡。
广厦豪门才俊现，低楼幽户名媛藏。
霓虹眩目繁星亮，高论惊人日月忙。
雨去风来汗著泪，千玉万金人断肠。

午后逢骤雨兼怀汪国真君

骤雨无端打落红，送君恨意与之同。
香消花陨周遭静，韵灭律失宇内空。
哀婉柳词乡井畔，赳赳汪赋学堂中。
风流自是贯今古，共赴蓬山定雌雄。

侠客行（之一）

三军受命夜袭城，杯碎连营正誓行。
吐罢乡愁然后勇，诺出宏愿向前赢。
五虎抗曹千载颂，一岳退金万世名。
倒问森森白骨冈，王存兵死谁为轻？

侠客行（之二）

眼望深山志向海，花开幽谷叶随风。
耳聪可辨山中语，心热常求雨后晴。
意象绵长隐于剑，气宇轩昂化作鹏。
素来沧海凭鱼跃，惯看碧宇拥霓生。

侠客行（之三）

救急岂论身何处？赵将难为愁信陵。
挥手屠夫向晋鄙，金槌落地大功成！
邯郸勇士已出征，虎狼秦师溃赵营。
震耳一击握兵符，魏公侠义天下惊。

第三节 词

（一）触景感吟

卜算子·阅兵蓝里赴晚宴

梦幻彩云飞，
广宇无穷碧。
满目风光胜天堂，
不似天堂寂。

聚友在人间，
阔论惊玉帝。
酒尽情留下重楼，
挥手秋风里。

蝶恋花·庭园

小小庭园风簌簌，
枝瘦根枯，
寂寂园中路。
薄雾残阳催草露，
春归无讯冬长驻。

无限情怀谁可诉，
挥笔疾书，
扼腕伤心处。
一世匆匆春几度，
英雄昂首天不负。

蝶恋花·海拉尔赏雪雕

玉虎银狮天上兽，
偶落人间，
依旧狰狞斗。
若是红尘非冻透，
哪得天眼窥神囿。

碎雪纷飞霜冷后，
一色乾坤，
别样山河秀。
跃上兴安一俯首，
直如仙界重霄九。

忆王孙·夜

萧萧风起颤枝头，
皎月高悬弯似钩。
夜鸟扑扑越旧楼。
上渔舟，
小曲忽闻烦绪收。

忆王孙·新年

新年悄至暗神伤，
旧梦千回人断肠。
半世豪情水一方。
欲飞翔。
万里晴空追艳阳。

忆王孙·夏雨初霁

层云舒卷彩虹天，
此景销魂诚忘言。
久住燕京少有欢，
眺香山，
水墨丹青收眼前。

如梦令·夜归

慵懒夜行思睡，
明月清清如水。
小院起寒风，
竹影婆娑枝碎。
谁会？
谁会？
伴我梦中沉醉。

天净沙·夜游

寒风冷月孤星，
浅湖枯柳浮冰，
小径幽光碎影。
归途将尽，
不觉晨露天明。

天净沙·七夕

墨穹皎月繁星，
稻香萤火蛙鸣，
织女牛郎语轻。
鹊桥静静，
有缘人诉衷情。

天净沙·游白龙潭

苍山碧水白龙，
野花茅草小虫，
蝉唱浮云清梦。
霞光海涌，
夜来一切如空。

天净沙·版纳

暖阳霞彩碧空，

山花野象椰风，

番语奇服异容。

此间如梦，

可结庐度余生？

忆江南·夜

京城夜，

谁料又迟归。

万丈危楼拔地起，

一生豪迈梦中飞。

寒夜冷风吹。

忆江南·与涛哥夜饮东角头

昨叙旧，

今又故人逢。

沉睡未消昨日酒，

新杯斟满酒更浓。

一醉羡陶翁。

忆江南·西双版纳

江河越，

直下彩云南。

族裔罕奇情款款。

雨林秀险水潺潺。

地远自心欢。

忆江南·妙峰山

峰山美，

一路景相随。

下窥白石连碧水，

前观花树绿崖垂。

一去几时归。

忆江南·雁栖湖

春波漾，

岸柳巧工裁。

野草欢欣遍地绿，

山花寂寞向阳开。

一笑释心怀。

忆江南·雨霁

春雨霁，

又是好人间。

碧水浮云朝至暮，

彩花肥叶地连天。

还有草纤纤。

梦江南·临图赋词

江南秀，

烟雨洗青楼，

柳荫白绒拂渡口，

石桥红伞系兰舟。

千载梦悠悠。

望江南·小园

春意闹，

一派好风光。

虽处小园春满目，

风吹藤蔓倚青墙，

墙角送花香。

生查子·春

北国春意浓，
庭院群芳共。
翠柳舞清风，
白絮来相送。

江山藏我胸，
命运吾操控。
提剑踏征程。
万里追余梦。

苍梧谣·云（之一）

云，
聚散无常自有魂。
苍天阔，
舒卷覆昆仑。

苍梧谣·云（之二）

云，
万种风情若美人。
红颜命，
不忍近黄昏。

苍梧谣·心

心，
明镜为台拭扫勤。
怀天下，
休忘恤黎民。

点绛唇·春日游潭柘寺

柳絮纷飞，
漫天欲断京城路。
日驱霾雾，
人隐云深处。

古寺春山，
翠萼繁花树。
昨夜苦，
笑弥勒肚，
种种成诗赋。

点绛唇·游香山

阅尽繁华，
收拾心绪香山诉。
浅云薄雾，

伴我登临路。

幽寺钟鸣，
但为游人故。
花千树，
惜今秋木，
剩叶黄无数。

长相思·夜

夜来风，
昼来风，
风去阴寒锁故城。
冬雪暗暗生。
人朦胧，
月朦胧，
月照竹窗知几更。
何方邀友朋。

渔歌子·莲花池

茶肆连绵饮几回，
莲花池畔纸鸢飞。
长伫立，望天陲。
闲云淡淡意相随。

沙头雨·夜

寒气侵袭，

小窗微闭迎初雪。

万家灯灭，

寂寥如荒野。

今夜凄凉，

明日犹凄切。

心如铁，

痴情谁解，

梦里相思写。

上西楼·秋夜

狂风一夜无情，

卧床听。

放肆尘霾逃后复安宁。

赏红日，

望霜月，

世间明。

长叹韶华难驻，

意难平。

南浦月·青春

春夏秋冬，
世间熙攘人将老。
青春年少，
长叹夕阳好。
又怎识得，
最美唯春晓。
秋来早，
见枝头闹，
却是南归鸟。

醉花春·夜饮海拉尔

蒙北望，
万种心情齐放。
梦里弯弓飞马上，
醒时歌欲唱。
草海无垠似浪，
四野连绵莽莽。
美酒满斟天地广，
醉时心更爽。

采桑子·游京西灵山

驱车远上群峰小，
直上云霄。
直上云霄，
山气清幽怨气抛。
且将万事冲天笑，
最是逍遥。
最是逍遥，
快意此生不去恼。

渔家傲·秋夜梦游神州

瘦月夜寒人入梦，
秋阳晨暖林栖凤。
神鸟高飞穹宇冷。
思览胜，
不如载我由驰骋。

金翅鼓风江海涌，
玉舌鸣乐山峦动。
秦岭一掠川蜀送。
逍遥共，
悠然北望昆仑纵。

踏莎行·秋夜思

秋月微光，
秋虫浅唱，
桂花香径连邻巷。
心忧花落愿风平，
披衣月下一人赏。

人海茫茫，
相知一场，
此中缘分卿休忘。
冰心一片两无猜，
红尘为伴相守望。

巫山一段云·秋

秋韵随风起，
一吹秋意浓。
大江南北易妆容，
看尽叶霜红。

须趁蒹葭茂，
荡舟仰碧空。
四时轮替本匆匆，
休叹雪压松。

潇湘神·寒秋

将下楼，

烟雨稠。

作别最怕遇寒秋。

此去太行路漫漫，

仍留诗情在幽州。

玉蝴蝶·游云冈石窟

平生独爱攀山，

游后作诗篇。

不求后人传，

心中自有欢。

一番风雨苦，

终睹众窟龛。

真鬼斧鲁班，

是神工下凡。

画堂春·游恒山

西临北岳看雄山，

巨石壁立层峦。

云飞处古寺空悬，

游客流连。

久望群峰默默，
群峰望我无言。
愿结庐在此千年，
暂忘人间。

少年游·五台山

太行余脉北龙盘，
誉圣地佛山。
峰压玉宇，
清凉世界，
若塞外桃源。

千年古刹寻常见，
往来尽迦蓝。
风送钟鸣，
烟香缭绕，
不似在人间。

南楼令·秋日三晋游

三晋入寒秋，

周郎信步游。

五台峰，

香客如流。

待到冰崖飞雪落，

寺钟鸣，

庙门幽。

又看晋祠楼，

千年风水优。

殿堂柏，

荫绿悠悠。

再往平遥街巷去，

瞰古韵，

城墙头。

江南春·三晋游后作

难逝去，

在心中。

江山如美画，

游后兴无穷。

归途回望登峰路，

云雾茫茫天几重。

三字令·秋

花影瘦，月朦胧。
暗苍穹。
秋兴逸，露霜浓。
静无声，虫咬斗，草丛中。

升旭日，沐清风。
望长空。
归雁去，杳无踪。
念香山，人满路，叶绯红。

朝中措·春雨

深霾埋尽帝都春，
漠漠暗乾坤。
忽起朔风无数，
唤来豪雨纷纷。

花香倾溢，
墨云涌动，
恬淡消魂。
身在春心不晓，
还道是赏秋人。

朝中措·霾

如盘古辟地开天，
混沌似一团。
恍若瑶池直入，
憾无王母群仙。

清秋明月，
碧空万里，
难露真颜。
盼北风今夜卷，
恶霾永遁人间。

行香子·秋

清冷时节，
心最难歇。
伤叶落，
更怕离别。
群芳依旧，
不见彩蝶。
叹心中事，
无处诉，
愁肠结。

情长词短，

无语凝噎。

秋风意，

岂可拿捏？

心无旁骛，

月有圆缺。

望长空雁，

衡阳去，

离歌绝。

西平曲·山水乐游

望三峡，

临五岳，

意无涯。

且立志、

游遍中华。

诗词美韵，

最该山河景致来押。

谱一绝曲，

似登顶、

云海悬崖。

极双目，
重洋越，
观异域，
逸兴发。
又立志、
四海为家。
才情问起，
应借环球胜境回答。
自然淳朴，
乐山水，
舍此无他。

雪梅香·游枫桥

运河畔，
枫桥古镇美名扬。
美潺潺流水，
千年水道徜徉。
青瓦红梁小桥月，
柳情杨意碧波光。
古渔火，

恰若乌啼，
失落何方？

寒霜，
客船影，
竟似空愁，
不去神伤。
古寺寒山，
庙门已闭心凉。
一片痴心拜兰若，
万声禅语向佛墙。
惜来晚，
只待重游，
方补焚香。

扬州慢·冬夜归而作

圣诞番节，
新年尾至，
茶余笑议红包。
看京城内外，
华灯竟妖娆。
朔风烈、

燕山吹皱，
运河冻彻，
刺骨如刀。
掩重门、
室暖若春，
安度良宵。

冬临华夏，
问何方、
风比天高？
望漠北苍凉，
苦寒之带，
尽是狂飙。
定要飞驰塞外，
扶摇上、
决胜今朝。
藐兴安崇岭，
寻常不过雪飘。

菩萨蛮·雁栖湖

青山碧水白云绕，
依依杨柳葱葱草。

飞艇快似梭，
浪回拍绿坡。

幽峰闻笑语，
暗暗芳心许。
此地愿结庐，
尽读天下书。

苏遮幕·京城中秋夜雨

正中秋，
黄染叶。
一遇西风，
怕见群芳谢。
万里碧空霾已灭，
雁向衡阳，
归去心如铁。

望天涯，
思明月。
夜里谁知，
秋雨洒城阙。
桂树广寒空入梦，

应是嫦娥，
乡恋情凄切！

沁园春·玉龙雪山

雪域之巅，
莫胜珠峰，
志在必登。
试挟寒南下，
冰封江海，
转而北上，
直抵古城。
银玉飞龙，
经年冻雪，
千嶂层峦白汽生。
人知否，
纵玄冰百尺，
难阻鲲鹏！

崖高岭险山横，
是俊雄能地裂天崩！
欲背插双翅，
腰除累肉，

勿惜燕雀，
衰羽徒增！
万丈高空，
雾迷风冷，
自有豪情老不更！
从今后，
岂畏生与死，
只问征程！

虞美人·版纳游记

京师难禁冬寒苦，
春暖思无处。
巨鹏一跃过千山，
周郎此身入梦在滇南！

佛光鸟兽蔓藤密，
瓜果吾尤喜。
傣家村寨乐如何？
妹守纺车泼水戏阿哥！

浪淘沙·冬

风定木纤纤，

萧索无边，
斜阳山外落雪天。
苦盼初雪空倩影，
此景何堪？

不惑忆华年，
多少偷欢，
丹心一片岂知难。
陈梦未圆新梦醒，
回到人间。

秋波媚·晨

慵懒梳妆喜开轩，
料是艳阳天。
海蓝穹宇，
白云朵朵，
秋日高悬。

且将眼量京西放，
竟目抵燕山。
清明世界，
斑斓万物，
我自心欢。

阮郎归·端午寄居丰宁坝上草原

时逢端午粽香飘，辞京意兴高。
野芳碧草遍山腰，将疲累暂消。

风乍起，雨云浇，豪情觅大雕。
夜来篝火向天烧，今宵万事抛。

（二）听心密语

满江红·知与行

万卷经书，
求遍览，
芸芸三界。
恨不能，
五车学富，
尽知一切。
经史子集明世礼，
诗词歌赋吟风月。
更立志，
缅古圣先贤，
效英烈。

万里路，
扬热血。
游四海，
焉伏穴？
望江南漠北，
旅程难却。
华夏风光心易醉，
番邦美景情难灭。
遇无数，
最叹草原歌，
兴安雪。

满江红·酒

驿外溪桥，
长亭远，
残阳饮血。
藏狡兔，
杜鹃悲泣，
蟒蛇伏穴。
爱恨情仇江海笑，
离合生死云天越。

半壶酒、

纵万丈豪情，

一人夜！

太白醉，

邀皓月，

随影舞，

空悲切。

叹曹公豪迈，

酒抒韬略。

俊杰英豪杯尽啸，

风流骚客酒后约。

数最美、

吞马背醇香，

西风烈！

捣练子·夜

空愤恨，

枉凝眉，

总有离愁总有悲。

冬梦夜长多少泪，

枕巾湿透欲双飞。

忆江南·儿时傲

儿时傲，

百卷雅书藏。

自诩文骚轻运笔，

人夸墨客多癫狂。

意气梦飞扬。

秋夜月·京华

京华梦好缠绵，

醒时难。

美如香山红叶、更流连。

功名望，

富贵想，

欲无边。

且就醇香一醉、暂偷欢。

醉太平·梦

沉沉梦乡，

纯纯似霜，

邀来美凤同翔，

到灵霄殿旁。

琼楼玉皇，
携来众王，
瑶池伴我徜徉，
笑音闻四方。

（三）古今感怀

忆王孙·乘高铁行经利川

千山万壑踞西南，
云雾交融不见天。
洞险桥危处处连。
意无边。
蜀道辞别再向前。

如梦令·夜饮醉归

数盏青啤下肚，
已是斯文难顾。
满腹话相思，
却待何时倾诉？

归路，

归路，

月下影凌乱步。

沁园春·咏秋怀古

燕赵清秋，

雨淡风绵，

慢卷落英。

问南飞鸿雁，

春归何日？

香山红叶，

可傲寒冰？

散尽浓云，

碧空如洗，

壮士常思策马行。

千秋月，

挂苍穹浩瀚，

照耀古今。

纷繁万事无情，

圣贤既逝光阴不停。

思炎黄之治，

大道肇始，

尧舜天下，

礼乐咸听。

夏启传桀，

商汤传纣，

奸佞当权路不平。

我华夏，

欲重圆旧梦，

必效圣明。

南乡子·感怀

极目望全球，

半是欢欣半是愁。

谁领风骚数百载？

美欧！

华夏文明憾低头。

观景上高楼，

美好江山待遍游。

切取丹心为国谋。

何求！

威震蛮夷了恩仇。

临江仙·读三国怀古

对酒当歌谋赤壁，
誓将一统河山。
孙刘联手又何难？
曹军兵士猛，
一战得江南。

诸葛周郎双俊逸，
东风巧借张帆。
冲天巨火噬连船。
痛心失小乔，
更痛失江南。

鹊桥仙·读西楚霸王怀古

项王举鼎，
令行天下，
怒火尽焚秦瓦。
虞姬美艳舞军营，
哪家有女不羡嫁？

大风四起，

群豪纷沓，

楚汉风流争霸。

英雄末路望江东，

魂归处江山似画。

一剪梅·读岳武穆事怀古

怒发冲冠虎目张。

破碎山河，

饮泪神伤。

少时入骨刺精忠，

不灭金贼，

愧作儿郎。

万里北国落胡疆，

鹏举奔袭，

誓返故乡。

教匈奴胆破心惊，

休再南侵，

龟守漠荒。

青玉案·京城怀古

燕山横亘烽烟阻，

运河北流粮帛补。
六百年京师稳固。
红墙青瓦，
帝宫王府，
游客流连处。

功名利禄通今古，
壮士风流共尘土。
阅尽人间甘与苦。
竹林可隐，
桃源堪户，
不管风和雨。

念奴娇·神州游

星空浩瀚，
旷无垠，
留待后人深探。
熙攘人间，
终日累，
耗尽光阴无算。
逝者如斯，
白驹过隙，

春夏秋冬换。
不如归去，
寄平生海江畔。

一骑飞跃秦岭，
望关中沃土，
良田皆灌。
再渡黄河，
浪滚滚，
碧草茫茫两岸。
又别中原，
奔南国啸啸，
雨柔风慢。
神州如画，
醉卧乡野不返。

蝶恋花·读贵妃事怀古

情至浓时何所似？
不见唐皇，
终日深宫泣？！
倩影依稀无处觅，
霓裳御曲空欢喜。

叹朕多情为天子，
叹尔佳人，
却被白绸缢。
我若布衣还娶你，
痴心执手无穷已。

清平乐·青春

匆匆岁月，
流淌青春血。
万卷经书谋与略，
恰似飞龙伏穴。

征途壮志激扬，
管它虎豹豺狼！
誓要赢得天下，
笑迎地老天荒。

减字木兰花·壮志行

千山万水，
大好风光无限美。

梦里曾游，
亭榭楼台烟雨稠。
也曾立志，
要寄平生江海逝。
更想洒脱，
安枕诗书荡碧波。

一斛珠·绵阳行

太白故里，
祥云仙雾周遭起。
故人久慕今须觅，
蜀道艰难、
对望心却泣。

入梦飘飘临大地，
唤来美酒宴知己。
痴狂放浪舞天际，
漫漫人生、
竟似一出戏。

柳梢青·读则天女皇事怀古

绝妙年华，
先帝深宫，
数尽春花。
皇子情深，
终承大统，
还帝王家。

巾帼岂让须眉？
顺天意，
一扬女威。
今古绝伦。
风流恰似，
无字丰碑。

锦缠头·醉后偶得

客栈独归，
半盏酒微微醉。
静幽幽，
四周皆睡。
霓虹窗外多娇媚。
夜色深深，

竟比清晨美。

念明朝日升，
彩云霞帔。
抖精神，
不曾言累。
问旅途静寂谁为伴，
暂别俗务，
作首诗儿背。

人月圆·读孟姜女事怀古

天寒地冻心难放，
梦里尽夫君。
当时别泪，
仍湿粉黛，
又生新痕。

长城莽莽，
喜良应在
何处追寻？
哪曾设想，
阴阳已阻，

哭断昆仑。

风入松·秋日杂感

荆轲侠勇刺秦王，
项羽刎乌江。
英雄自古多磨难，
血著泪、
拼死一扛。
梦里君临天下，
醒时坟草苍黄。

魂牵往世旧时光，
或暗自神伤。
小桥流水斜阳照，
甘心做、
那种田郎。
纵有功名无限，
不如儿女情长。

西江月·和王兄

冬夜独归无月，
幽幽客栈灯光。

仿佛迷路心彷徨，
回首东西张望。

七八帅男说笑，
两三美女徜徉。
哪知何故黯神伤，
不愿今宵流浪。

渔歌子·妇女节

巾帼功勋古至今，
红颜慈母女人心。
执帅印，恤黎民。

画堂春·有感于刘翔退役

跃腾飞跨万千栏，
少年已美名传。
誓夺魁首众民前，
壮志酬难！

此恨绵绵不灭，
犹缺月挂天边。

作别赛场去留间。

往事如烟。

喝火令·赠亚恩活佛[①]

古刹迎京客，

佛香祈众福。

见芸芸老幼僧俗。

山水险奇峰远，

赤诚伴征途。

肃穆踱轻步，

庄严捻紫珠。

未言先笑慧根出。

不管霜浓，

不管露湿书。

不管酷寒风紧，

世缘满京都。

---

① 甲午年国庆长假时，余尝畅游五台山诸寺。于镇海古刹祈福之际，偶遇一红衣喇嘛。近身相问，乃川甘孜某寺活佛也，名亚恩，其龄不过廿八也。活佛言欲游帝都之雍和宫，其貌向往甚也。临别赠余菩提子佛珠数串。今夜幸哉！与之重逢于雍和宫西侧国子监焉。请其食素面一碗，获赠金刚结一枚，又记下余之地址，言将寄唐卡予余，余深为感动。故作此词以志其事也。

钗头凤·岁末感怀

冬阳弱，
西风过，
帝都霾尽一年末。
诗犹赏，
心难放，
半杯浊酒，
满怀惆怅。
忘！忘！忘！

征途阔，
雄心热，
誓言新岁摘硕果。
豪情唱，
何人讲？
荆棘谁怕？
江山不让。
闯！闯！闯！

调笑令·读史

天下，

天下，

天下俊雄争霸。

腥风腥雨厮杀，

千命万命落花。

花落，

花落，

多少孤魂野魄。

秦楼月·读史怀古

春秋换，

英雄一怒山河乱。

山河乱，

王侯贵种，

莫如天算。

斜阳大漠思弦管，

小楼明月歌声慢。

歌声慢，

妾犹在望，

君何时返。

诉衷情·秋夜怀古

山河易老任沧桑，
后主叹凄凉。
帝王梦断词冷，
字字话愁肠。
娇宠散，
旧臣藏，
在何方。
小楼明月，
满目清辉，
却是他乡。

（四）祭奠

如梦令·祭曼翁

荒岛铁窗怎怕？
岁月光辉如画。
族裔已和解，
荣辱一生刹那！
牵挂，
牵挂，
归去恸悲天下！

谢池春·九一八吊古

壮美河山，
曾洒满同胞血。
九一八，
危亡岁月！
炎黄遗脉，
竟惨遭揉虐！
卫家国，
问谁推却？

敌强我弱，
挽弩弓射狼穴。
我神州，
旌旗猎猎。
大江南北，
誓将倭贼灭！
慰英灵，
向清明夜！

念奴娇·南京大屠杀遇难者公祭

举国公祭，

慰冤魂，

永志国仇家恨。

华夏威龙，

昔未醒，

处浅底遭虾困。

城破金陵，

恶狼入室，

百姓横刀刃。

秦淮河水，

血堆才子红粉。

头可断气犹存，

炎黄之土，

处处长城盾。

狼子野心虽黩武，

不让山河一寸。

万众齐心，

终收失地，

寇败东洋遁。

今朝华夏，

巍巍雄壮固稳。

（五）其他

如梦令·与友人夜饮洪湖传扬食府

摆宴洪湖小馆，
把酒哪须相劝？
醉里议宏图，
誓作英雄好汉！
斟满，
斟满，
换盏推杯休断！

忆江南·奉旨填词

青春好，
羡煞广寒仙。
姐至蓬莱轻踏浪，
妹来琼宇悄采莲。
欢笑度华年。

渔歌子·与徐兄久别重逢并醉饮

少小一别断讯音，
相逢今日数光阴。
觞满酒，

笑邀君。

明朝酒醒忆乾坤。

渔歌子·小试微电影

别墅提香客涌潮，

梨园子弟试牛刀。

着粉黛，

点蛾眉，

群星荟萃战今宵。

阮郎归·侠客

白衣侠客剑微寒，

月黑急下山。

黄昏才晓寇出关，

必绳之凯旋。

杀恶虎，

毙群狼，

奔仇人马前。

冷光一闪血冲天，

纵横天地还。

阮郎归·南开金融2002级硕士毕业十年返校记

十年岁月岂成空?
登天数万重。
壮怀依旧向前冲,
恩师教导功。

情意切,
思念浓,
相逢俱动容!
昔日风雨笑谈中,
初心此世同。

苍梧谣·中国好声音

歌,
白雪巴人俯仰和。
欢中泪,
天籁路曲折。

苍梧谣·双十一节

慌,
苦候一年喜若狂。

休空等，

购物我称王。

菩萨蛮·白鹿洞书院朝圣

酒香犹在春花艳，

心驰白鹿何辞远。

书院屹千年，

万古师圣贤。

古今邪与正，

岁月如一梦。

朱子若还魂，

当羞今世风。

江城子·久别重逢故友[①]

无情风雨迫光阴，

① 吾友韩鹏，长安城内新东方之祭酒者也。余壮岁时，尝与彼求学津门之南开学堂，共阁馆而居对门，密友也。其人天资聪颖，卓尔不群，好学不辍。于番语，其尤胜诸同窗矣。后入新东方，教授留洋番语，弟子爱戴甚也，功勋卓著，屡受俞氏嘉奖，遂受其命而执掌长安新东方也。甲午年间，余谋生民生钱庄焉，尝晤韩氏于京师，甚欢喜，夜作江城子一词以志纪念。今略勘正而示于天下。其时音容笑貌，直如眼前也！

事难平，

电雷鸣。

世态炎凉，

江海少天晴。

岁月匆匆东逝水，

梦未醒，月方明。

俊朋一至雪融冰，

笑盈盈，

促膝听。

晴空万里，

恰似对酌心。

未见十年君未老，

须挽手，

务携行！

水调歌头·中秋

天上有明月，

邀客至人间。

世间精彩无数，

居久恐难还。

纵是嫦娥回望，

处处莺歌燕舞，

量也不心甘。

尘世万般好，

独此绝恼烦？

登五洲，

临四海，

意无边。

红尘熙攘，

功名利禄喜和欢。

古有仁礼智信，

今有威蛮愚贪，

何处觅圣贤。

抬眼思穹宇，

醉后归广寒。

破阵子·霾怨

怒举屠龙宝刃，

誓飞刀灭霾神。
不忍这苍茫大地，
遍染那白色疫瘟。
涤清乾与坤。

叱咤声绝刀落，
已然透亮无尘。
燕赵妖娆秋景醉，
处处斑斓红叶魂。
大千世界纯。

采桑子·与徐兄续饮又醉

离别一载一杯酒，
尽兴方休。
十九春秋，
多少年华似水流。

仰天长笑身形瘦，
快意恩仇。
岁月悠悠，

最好酣眠解旧愁。

雪梅香·自无锡返京途中作

去家久，
风尘仆仆暗征衣。
望茫茫东海，
无言斗转星移。
世事沧桑若流水，
此身颠沛又流离。
异乡远，
恰似飞蓬，
何处栖息。

羌笛，
古常奏，
却看今朝，
鸟雀空啼。
热血忠贞，
务求赤胆无欺。
多少豪情化为泪，

只因难应弟兄急。

发宏愿，

抖擞精神，

心与天齐。

望江梅·海拉尔与众友欢饮

驰蒙北，

品世上奇寒。

雪地冰天人迹少，

佳肴美酒主宾欢。

一曲更情酣。

第四节 排律

一、五言排律

京城霾之祸

雾从九霄堕，霾向八荒生。
蒙昧天初定，浑浊地未成。

晴空旧梦忆，白罩面庞横。
红叶凝眸望，香山隔几层？

恍惚醉仙境，愁苦怨废城。
闹市腥尘散，山间秽气腾。

硝烟布战场，冷雾锁飞龙。
举目冬阳弱，低头寒草葱。

屏息困广厦，嗟叹求巨风。
海内如霜打，山河似汽蒸。

赵燕无血色，秦晋少颜容。
漫漫神州隐，泱泱华夏空。

西风难久驻，悲苦亦频仍。

不见半旬月，似伏狐仙坑。

哪方谓南北？何处是西东？
八卦丹炉里，无间地狱中。

覆巢无完卵，迷雾阻雀鹏。
最是伤肝胆，小儿并妪翁！

英伦昔日祸，阴惨与此同。
恶疾侵肺腑，杀人不见红！

巴黎元首汇，捭阖戾气蒙。
举世齐征讨，天下第一凶！

“变法”[①]历卅载，五谷庆丰登。
民众皆求富，家园却溃崩？

自然孕万物，人力非全能。
我辈百年后，子孙有地耕？

如来囚大圣，苦候金蝉僧。
五百年太久，独叹白发增。

---

① 用“变法”喻指“改革开放”。

迟迟霾四散，碧宇连故宫。
清气润鼻肺，此乐应无穷。

佳期不常有，美景难再逢。
不喜树将静，树静雾千重。

桃花源中水，终南山顶松。
欲效七贤事，雾回意更浓。

岁除万象新，霾祸恨相从。
犹信金乌在，尘灭霞光拥。

江河遮不住，山岂永无棱？
胸臆邈天下，万里留神踪！

寒潮袭都城

酷寒发漠北，连夜犯京师。
霜困香山岭，冰封永定池。

狂飙缚翠竹，树树难为直。
一冻钻心痛，腊梅花放迟。

蜀道闻飞雪，断桥见玉枝。

南国皆已陷，燕赵岂堪持？

苏武牧羊地，昭君出塞时。
归雁无一对，寒鸦有几只？

貂裘裹玉体，佳丽谁人识？
褴褛街边客，风逐何处驰？

凭栏肝胆丧，入户容颜痴。
风下或逃伫，弱强立可知。

红旗冻不卷，碧宇僵如石。
入地三千尺，岩浆化冷汁！

飞禽双翅冻，落地愁无食。
走兽抱团暖，独行体不支。

万般冻似铁，未见水流湿。
鱼匿玄冰下，恣意何奢侈？！

暖阳久不现，未得遑论失？！
寒暑皆难耐，居京恨不值。

二、七言排律

西历四月十五京城遇沙尘暴[①]

百花斗艳好天气，雨后长空无穷碧。
趁此春光任逍遥，但求景驻长欢喜。

世间胜景偏时短，或道京西沙尘至。
正午帝都声不闻，玉虚高殿孕神力。

幽燕寥廓连昆仑，忽似荒漠阴风起。
叱咤有如炸惊雷，妖娆春光无处觅。

干黄秽土塞咽喉，苦恶腥风袭脏器。
乱絮迷眼蔽山河，狂沙扑面暗天地。

① 乙未年二月廿七，时值西历四月十五也。正雨后初晴，春光大美之时也。诚如古语云，天有不测风云焉。午后，风和也，日丽也。少顷，沙尘巨暴横生于京西南之郊，轰轰然，直取京畿中枢耳！当其时，阴风乍起，沙尘肆虐，遮天蔽日，所视竟不及数尺！后尘暴之祸愈烈，乃至呼吸之难为也！京师内外，繁华尽失，衰颓毕现，庶几无不困顿不堪哉。呜呼！其苦状实吾久居京城之辈之未见也！至于诗文，虽力求状其貌、传其神，终不能达其十之一二也。

远近有险俱为难，进退无着皆不易。
风紧欲破百丈楼，云急已展万里翅。

蛟龙出海舟船摧，猛虎跃崖庄舍弃。
游洞蟒蛇磨血牙，卧岩鹰隼振寒翼。

水犯中原罪夏鲧，火烧连营焚赤壁，
泄注洪波恨共工，炙炼骄阳拜后羿。

株株翠柳狂魔舞，朵朵红桃怨妇泣。
走兽奔突有穴藏，飞禽彷徨无巢匿。

霓虹点点行将灭，尘暴隆隆久未逝。
三两行人随风摇，七八车骑蒙尘立。

西游途遇黄风怪，可怜金箍棒下毙。
设若取经逢尘妖，猴王未必赢此役。

楼兰美貌天下傲，西域雄关神州异。
漫漫黄沙一朝埋，沉沉幽梦千年赐。

掩门入户复叹息，闭窗锁帘空流涕。
愁苦往昔诉与君，今宵愁苦何处寄？

骤雨冰雹袭都城

时值秋立夏犹酣，叶密林深鸣噪蝉。
白汽封城龙潜海，黑云布阵蛟伏渊。

欲崩又止香山底，将溃还稳运河沿。
号角不吹兵士动，帅旗一展锣鼓喧。

洪波泄注烟色暗，暴雨逆流吞万般。
巨怒雷鸣城外吼，狂飙电闪屋顶掀。

难夸大禹已治水，疑是女娲未补天。
诺亚神舟恐自弃，凌波微步何身安？

甫出利器惊天下，风卷寒冰大如盘。
亿万流星坠河汉，直击城阙一瞬间。

横飞纵跃杳无影，死地置身不可还。
满月弓张毙敌箭，何人敢立三军前？

宝车华邸皆遇险，富贵安能免祸端？
乞者贩夫竞逃命，此情此景何以堪？

世间浑噩无一物，唯有潇潇雨成川。
斜倚轩窗肝胆裂，天涯望尽独默然。

金山水漫无干处，沧海风波与此连。
桥下汪洋桥上瀑，离家五里愁无船。

夜郎自大纯无益，人定胜天空作谈。
我辈常思斗天地，岂知天地法无边？

来如饿虎扑山冈，去似疾风送远帆。
君看泽国半城水，何如梅雨浸江南？

今生长忆今宵景，风雨豪情夺万关。
雨霁秋凉望秋月，桂花香里好成眠。

书于浏阳河湘江并流处

两水合流共楚天，三湘分列卫中原。
放歌美酒神州醉，歃血豪杰华夏安。

北嵌荆襄盛鱼米，南接广粤富桑田。
东连赣浙多书卷，西抵黔滇尽边关。

浩淼洞庭龙蛟喜，幽深汨罗屈平冤。
岳阳楼下壮似海，张家界上美如仙。

胜景妖娆载史册，伟人睿智揭新篇。
雁飞百丈思南岳，客走万程仰韶山。

国定曾公誉梁栋，功成炎帝尊圣贤。
霸王尝教秦族恨，书生终携华胄欢。

暑热汽湿隐蛇蟒，味辛菜美罗碟盘。
峰高洞险昔有匪，潭浅溪涸今无船。

草莽凄凄任强悍，市集攘攘拼蛮顽。
儒才惯写风和月，雄俊常司岁与年。

吾本彝陵粗鄙客，幸同明妃共乡园。
平生自问无所恃，放浪愚痴心亦宽。

十二光阴书做友，一朝金榜滴石穿。
津门求道殿堂阔，作别南开泪潸潸。

初进帝都一纸令，直下潇湘半月还。
再入长沙已十载，仅游星城第二番。

物与人情皆不是，空留余忆独怆然。
莫如江水潇潇去，心系沧海梦向前。

橘子洲头烟柳绿，桃花源里野塘蓝。
风云逐日真情在，闲数渔舟广厦间。

绝吻

此地一别永不见，应知此吻为绝吻！
谁言缘续待来生，异类若逢何共枕？

水漫金山怨法海，须怜塔底白蛇困！
潜修千载即飞仙，可悔许生早相认？

或忆前生洞房夜，孤独今世唯留恨！
回眸相看不相识，往世山盟谁自忖？

休管轮回世世转，原来隔世无缘分！
何如怜取眼前人，缘浅缘深皆不论？

苦短一生多少载，冤家相对何其笨？
今朝此面明朝无，半句恶言爱已损！

岂有输赢争吵后，一声咆哮伤一寸！
撑船宰相肚中容，沉默是金家道稳！

熙攘红尘谁厌富？为财头可横刀刃！
世间焉有桃花源？每羡金银熬逆顺！

但倚玉林宝厦侧，书香长可伴红粉！
宝哥若是出寒门，岂有玉钗愿厮混？

情意双鹅在歧路，只合冷暖梦中问！
碧波何以堪独游，天各一方恨难忍！

怎教人间永乐会，天涯从此无离愤？
吻别一曲天堂歌，夜半相思品余韵！

望黄河

黄河之水在何方？八百里滩涂茫茫。
东去大海渺无影，西出雪域猛如狼！

沙洲辽远炊烟起，弱水枯涸吾心伤。
梦里咆哮欲惊梦，身临空寂天苍苍。

万钧沙土沉浪底，一壁悬河立城旁。
塞外风高壶口险，中原地阔麦花香。

蜿蜒九曲定天下，横纵六合化蛮荒。
沃野千顷堪治国，良田万里可兴邦。

雷霆巨怒倒江海，崩裂岸堤成汪洋。
子散妻离逃天险，河干水退返故乡。

炎黄并力肇华夏，刘项逐鹿夺帝王。
代父巾帼战沙场，起舞男儿复北疆。

枭雄豪俊斗生死，剑影刀光拼弱强。
人死人生人痛快，云落云起云飞扬。

忧国曹相吟歌短，重整山河仰杜康。
且为君唱将进酒，醉乡吹角满弓张。

吾生故楚为寒户，迁向彝陵惯看江。
不喜阿谀喜读史，最羡霸王巨鼎扛。

中州南下大河望，不老雄心情激昂。
寻遍金戈饮马处，唯见草深芦苇长。

第二章 古体诗

第一节　四言古体诗

金融街·黄昏

凭栏西看，霞光满天。
霓虹初现，灯影忽闪。
清风徐来，秋意弥漫。
高楼耸峙，气度不凡。
绿木葱茏，秋花尽绽。
翠坪如洗，小径蜿蜒。
众民思暖，秋虫畏寒。
人生如梦，梦醒时难。

短歌行[①]

天孕英才，揽日入怀。
地育巨槐，良种以栽。

我有知己，禀异智奇。
好究真理，矢志不移。

初入京城，临摹汗青。
胸藏美景，下笔如神。

笔墨乾坤，大器早成。
远赴英伦，赞誉干云。

---

① 癸巳年癸亥月，书赠东东导演并自勉。

才情无限，遂入影坛。
小试数片，脱颖不凡。

路易之恋，恢宏巨篇。
异国浪漫，必成经典。

名媛大腕，竞相参演。
经此一战，名导比肩。

屠龙宝刀，长空巨雕。
青年俊豪，国之瑰宝。

秋之歌

悠悠碧空，萧萧秋风。
雾霾散尽，目扺无穷。
香山之峰，高低彤彤。
白云逐日，远近相从。
万木争宠，斑斓秀容。
山花竞放，仪态娇萌。
我辈友朋，国之梁栋。
宏图欲展，出海飞龙。

关山万重，壮志在胸。
仰天长啸，扼腕追梦。
先贤遗训，天下为公。
历史洪流，世界大同。

为云南地震而作

彩云之南，有池曰滇。
明澈若镜，祥瑞如仙。

壮美山河，咏之以歌。
苍天不老，福祚不涸。

地火暗迸，土裂山崩。
黎民蒙难，毁我昭通。

泱泱华夏，四海一家。
举国援手，大爱无涯。

家园既毁，壮心不颓。
明春再聚，依旧光辉。

第二节　五言古体诗

（一）触景感吟

夜行

风冷花萧索，夜黑人心寒。
誓行九曲路，不信不通天。

望月

月明一丽人，万里恋红尘。
圆缺永无定，恰似思君情。

望厚霾而作

阴霾三万丈，心志比霾长。
雾散弓飞箭，倏尔取天狼。

忆渤海打鱼

和风起微澜，碧海托苍穹。
岸行目力外，海天怀于胸。

凰诞赞

神鸟舞九天，几人窥真颜？
若非仙灵现，便是有奇缘。

（二）感怀

上元节前夕作

此刻明宵时，请听爆竹欢。
再看万家庆，须待新一年。

儿童节感怀

承爱天地中，啼笑皆从容。
人生总苦短，最短在儿童。

育儿吟[①]

草木知时节，当春乃发芽。
上天多怜我，二月得春娃。

如获一至宝，从此早还家。
如得一至珍，从今逢人夸。

好奶精心喂，好衣细配搭。
夏来常摇扇，秋尽勤暖她。

小树渐抽条，小女渐长大。

---

① 癸巳年孟冬，奉京师西城学署命，作此篇并赠爱女。

牙牙学语早，终日唤爸妈。

下楼追蝴蝶，上船观湖鸭。
采莓赴京郊，游海飞三亚。

两岁始受教，初学彩笔画。
继读三字经，再听古神话。

园师多辛苦，陪女生华发。
祖辈更劳累，甘心作牛马。

今观乖乖女，可爱如嫩花。
岁月几年老，稚子日月佳。

佛前愿吾女，茁壮成大厦。
绵绵爱犊情，来年终报答。

黄河观景前作

太白故里生，江岸渐长成。
欲看黄河水，磅礴谁与争？

日本行

阅史心难平，慨然赴东瀛。
传经高僧意，求道周郎情。
永志解民苦，长思为国行。
卧薪而后勇，越甲吴都明。

人生感怀

世事似浮萍，谁曾激流停？
当年富且贵，未必逍遥行。
今岁果常赢，岂能保太平？
时时勤积善，方晓有神明。

（三）其他

与清华友人夜饮宴铭园[①]

久有求学志，拜师入清华。
晨读经与史，夜论国和家。
学府门外客，宴铭楼上茶。
笑谈今古事，酣畅一问答。

---

① 吾友黄兄者，生于中国大陆，长于中国台湾，而闻达于港岛也。其人仁厚，兼怀匡扶天下之志。邀余品茗于今宵，并与其清华同窗同饮校东门外宴铭园。众人皆欢，特录此诗而记其事也。

金钟夜作

烟雨吻香江，明珠耀东方。
恍然若一梦，四海任沧桑。

游泳

沧海横天外，哪得成一快！
暂从小池游，谁欲龙舟赛？

第三节　七言古体诗

（一）触景感吟

元夕

明月今宵四海圆，相约此刻五湖欢。
夜阑声尽寒风起，疏叶松竹挂婵娟。

咏春芽

匆匆别去又回首，欲赏嫩芽满枝头。
常恨花期比梦短，芽期更短更添愁。

咏春蕾

未伴晨风赏新蕾，归时暮色锁春园。
此花翌日虽可赏，只是嫩熟不一般。

早春

细雨恰如思念情，欲停还泻满天地。
劝君休论清明临，雨近清明犹泪涕。

咏春花

四月京城花处处，流香溢彩愁日暮。
新枝老木共青春，引来粉蝶蜂无数。

咏春

黄白赤粉青蓝紫，千花万朵绘诗词。
东风化雨雨打树，点点滴滴泪相思。

咏柳絮

一城柳絮无数花，无情春风散天涯。
去年飞雪今又落，今年可知飘谁家。

春日京城逢雨

鬓乱风高抬望眼，白云原在层霾后。
花娇叶媚是旧人，遇雨更添春意透。

雨后春景

夜雨无声亦无痕，唯留秋凉在春晨。
秋深虽有百花傲，不似春红香惹人。

春花赞

京师二月满城花，诗兴频频因此发。
久住帝都诚不易，春花相伴数韶华。

夏夜偶得

黄金屋里少诗书，不信请君看陶朱。
若是文章可富贵，何须攘攘斗江湖？

咏秋

劝君漫步赏金秋，黄绿相争花满楼。
算算寒冬应不远，那时冰雪坠枝头。

花叶恋

春时绿叶衬红花，秋日春花再无家。
春叶枝头依旧恋，枯黄只为思春花。

九月九思亲

浓云浅雾染京畿，恰是重阳秋醉时。
千里魂飞故乡去，坟茔落下声声急。

秋晨偶得

身如浮萍心似火，商战年年叹蹉跎。
常梦跃马骑天下，只恨青春已不多。

午后秋雨

不堪露重阴云低，花径初湿雨脚稀。
闻道山中水如瀑，神仙居处雨云奇。

黄叶吟

欲落不落满树挂，金色装扮好年华。
岁月匆匆君莫叹，半老黄叶胜新芽。

京城秋赞

君问何时燕赵美，我欲秋邀天下人。

碧空羡煞南来客，尔自北国可看云。

冬咏（之一）

谁怨冬寒处处愁？请君出户信步游。

天蓝未必输盛夏，落英缤纷胜金秋。

冬咏（之二）

团云涌动现长空，尽展彩旗迎朔风。

也无霾雾也无雪，唯有清冷天地中。

冬咏（之三）

狂风三日吹尽霾，威猛肃杀迎冬来。

莫道严寒无情物，冰花雪树谁剪裁？

雪

微醉凭栏喜见雪，西风更比寒酒烈。

纵横杯盏爱恨仇，雪霁明晨万事灭。

观雪偶得

乱花成海淹京师，寒蕊暖人我自知。

停笔唯因才学浅，偶得新句为雪痴。

雪霁观雪

冰天雪地尽白头，莫叹年华付水流。
应趁苦寒磨铁羽，一俟春暖任我游！

闻东北暴雪作

关东落雪疑天裂，又似黄河大堤决。
大禹治水犹可待，女娲补天叹石缺。

冬夜偶得

天寒正应磨筋骨，烂漫桃梨岂知苦？
才起东风满树空，松竹依旧花成土。

咏月季

形神直似俏玫瑰，更占京城景处处。
或悔迎春略显迟，花期直抵桂花树。

咏玉兰

玉兰才绽群英妒，只见繁花不见树。
哪似樱昙闹一时，迎春迎到春将暮。

咏月

千秋明月复照我，万里清辉老泪多。
遥望嫦娥不悔路，广寒寂寂泛天河。

国庆辞京临行而作

秋夏才隔数场雨，西风更添凉几许。
即从北土赴中原，定洒诗情千万缕。

北行归京而作

客入兴安大雪飘，方觉此去路迢迢。
归来满地京城叶，化尽阴霾雨潇潇。

观大风撼树

风击秀叶滚涛声，浑如万马过千城。
树下悄然由信步，胜似三军走长征。

望云

朔风劲吹白云动，碧空为幕好作图。
雪狐蜡象天际走，银装仙子瑶池舞。

晚风吟

晚风烈烈倾情吹，成败是非天际飞。
花影婆娑杨柳舞，半轮皓月伴人归。

火烧云

奔腾烈火熊熊烧，疑是天神任咆哮。
风云叱咤惊寰宇，化为绝景万里遥。

望火烧云

天为画纸云泼彩，雄浑绚烂绝凡尘。
仰首凝眸复远眺，韶华易逝不待人。

重霾袭京都

青山难觅凝眸望，碧宇当悬尘雾上。
一座京城半是霾，悠悠何处吾心放？

夜酌湘江

七月长沙欲喷火，北平待发心已愁。
大鹏初落暖风烈，酌酒夜半湘江流。

夜练

丁香阵里嗅竹香，何物教人醉一场？
独练太极夜已深，悠悠心绪如何放？

雨夜

乌云破处雨纷落，万里幽燕一把锁。
梦醒伊人倚小窗，应见银珠纷纷落。

夜宿雾灵山

凭栏四望声如虎，疑是山泉溅空谷。
无限风光夜色空，桃源入梦弄诗赋。

夜游古北水镇

长城不老司马台，山水江南鬼斧裁。
灯夜流光胜异彩，俊崖秀浦揽入怀。

建北少林寺记

千年古刹皇家庙，久沐天恩山水俏。
白塔清风伴断垣，红墙新寺佛光照。

五台山登顶

五台绝顶干云霄，俯瞰中原比天高。
滚滚黄河西南望，茫茫草海东北飘。

游苏州护城河

船至中流分两岸，景依南浦得一半。
人生如水几时歇，左右风光心不乱。

正月仰京城碧空而思南国之花

南国美在花开早，碧宇深深北疆好。
难断哪方胜一筹，南花北开更为妙。

望三峡大坝

浑如神斧劈群峰，巍巍大坝镇江中。
冲天洪流穿巨孔，地动雷鸣耳欲聋。

公园即景

悠远碧空映水景，白云难觅风儿轻。
欢腾锣鼓歌声亮，倩丽莲荷花色明。
老者弈棋思绪静，少年抢板球艺精。
孩童更喜入园早，场上溜冰怕不赢。

忆南开园

大中路上常漫步，马蹄湖畔闻外语。
鸿儒巨匠为师表，翩翩学子恋新图。

游泳

城里高温暑气狂，纷纷郊外觅清凉。
更喜临街浅池碧，熙熙闹市水一汪。

（二）出游行吟

小暑节乘高铁至潍坊

雾霭茫茫小暑节，银龙飞驾帝都别。
纸鸢漫天未曾见，所见唯有风舞蝶。

忆曼谷行

湄南荡舟屡回想，异域蛮风景无双。
一船汉文歌无数，难辨此身在他乡。

三亚游

北国久住羡南国，奇花异果海珍多。
碧水为伴风雨稠，欣然乘舟弄清波。

醉游庐山

乘醉驱风会美庐，如仙似梦山水殊。
青峰绕云天阙隐，白崖溅瀑松林呼。

深圳行

烟雨纷飞下南粤，柔肠低诉思北国。
此冬不比京城景，欲冷还潮离愁多。

深圳赞

开天辟地盘古功，百草遍尝夸神农。
昔日山荒海风烈，今朝楼耸路桥通。
激情抛洒改革路，捷报高悬胜利钟。
一语铸成鹏城史，传奇造化自邓翁。

由港返深圳而作

北国已是初冬寒，此地夏装依旧穿。
深港直连两城并，边关贯通半日还。
高楼广厦无二致，富贵繁华岂一般？
世事沧桑光阴转，此生靠己不靠天。

游成飞公园

水依碧草落沙迟，蜂恋海棠寻蜜早。
此景刹那成永恒，纵至天涯不觉老。

游少林寺

初闻古刹吾方幼，亲入少林在深秋。
香客满山香火旺，牧羊小曲使客留。

（三）友朋欢聚

与友人夜饮簋街

天下美食京城汇，京城美食此最美。
奇香四溢透长街，招幌迎风酒旗飞。

花家怡园夜饮

酒到微醉是正好，睡意蒙眬度良宵。
梦回沙场历百战，马踏胡营挎大刀。

醉酒吟

宿醉未醒添新酒，一声兄弟两泪流。
沧桑世事移杯盏，消却烦忧何所求。

与挚友共饮杜康

天下好酒数杜康，魏武放歌美名扬。
兄弟对饮忆豪迈，挽手同醉数星光。

与友人共饮京师贵宾楼

烛光美酒夜朦胧，嫩果珍馐味无穷。
天涯无尽多歧路，梦醒关山数几重。

书赠熊老·醉饮赣院

李白斗酒诗百篇，狂傲无羁自诩仙。
千载醇香共一醉，悠悠世事同痴癫。

与杨总诸兄弟醉饮朴贤面馆

寒风入夜人消瘦，意兴痴狂酒须够。
美赋吟来情益浓，杯中陈酿朱颜皱。

夜饮四季酒家

啤酒独酌虑小诗，在途老友曰来迟。
黄瓜再就又杯半，一世红尘贵相知。

与徐兄久别重欢谈

少小为邻好弟兄，彝陵别后一梦中。
沧桑世事难诉尽，他日烈酒庆相逢。

重聚首

万里江山望归途，八方故友汇京都。

放浪癫狂痴傻笑，久别重逢不许哭。

受邀赴高府品画

高府华宅灯火明，宾朋满座论丹青。

若非红尘常羁绊，便弄笔墨度余生。

与老友欢聚游艇会

维港晚风伴华灯，巨楼广厦天上城。

一别京畿恰三载，喜看兄台化大鹏。

与南开同窗好友欢聚金钟

斜风细雨山朦胧，故友同窗喜相逢。

同在异乡非异客，再约京华或金钟。

与南开同窗东京久别相逢

曾共南开学业勤，东洋远渡若比邻。

相逢银座恍如梦，便把东京作天津。

（四）感怀

静夜思同窗

一别故园岁十八，荆楚子弟各天涯。
西陵秀水映倩影，漫山柑橘比春花。

春夜思

三亚距我两千八，我羡三亚那片沙。
今夜便展狂风翼，明晨碧海望天涯。

冬夜随感

匆匆一日诗一首，说尽人前与身后。
宠辱喜悲皆放歌，佳篇常因有美酒。

冬夜灯下偶得

几番风雨几回谋，壮志不酬誓不休。
老骥伏枥终有悔，等闲切莫空白头。

冬夜吟

人生誓要越昆仑，五岳登临江海吞。
揽月九天非难事，扶摇直上为不群。

冬夜思

塞外无垠皑皑雪，京畿雪迟空见雀。
异乡室暖不觉寒，唯有乡思情切切。

读史偶感

人心向古古有之，总羡世风前朝时。
可叹古人今人似，犹怜彼身降世迟！

育儿感怀

当年终日啼襁褓，转瞬伶牙惹人笑。
唯愿此生驻此刻，孩儿长大爹亦老。

育儿吟

婴啼初闻意难了，乳臭方干童言妙。
含辛茹苦盼儿长，儿若长成父已老。

读兰世立事有感

入地上天皆敢当，高低宠辱俱能扛。
人生不过百余载，笑骂由他真儿郎。

金融时局之我见

富贵金银股市红，风云惊变转头空。
放歌一醉君休笑，谁可久做陶朱公。

清明

又是清明二月天，魂飞老父旧坟前。
已嘱姊弟代相告，犹恨身远未亲言。

七夕

鹊桥一载一相会，别后银河忆流水。
私语幽幽万籁息，年年今日有人醉。

京城平安夜

世人俱喜度佳节，每有佳节心可歇。
圣诞虽为西洋物，祝福最是送体贴。

京城岁末思乡

平日哪知事事匆，不觉已是腊月中。
归期早定人难寐，故里隔山千万重。

登滕王阁怀古

雄文甫出天下惊，世间再无此才情。
千年长天秋水色，落霞永伴孤鹜鸣。

贺中国共产党建党九十四周年

南湖舟上肇基业，星火燎原东风烈。
汇聚华胄成复兴，功载汗青万民谢。

归途偶得

笑忘生平不快事，且纵骏马饮天池。
阅尽沧桑豪气在，放浪江湖无人知。

咖啡馆独饮

细品咖啡倚小窗，漫看繁华心茫茫。
且唤阿妹制果饮，明月伴我享清凉。

霾日家中闲记

霾雾千重误远行，莫如陋室读汗青。
常为华宴座中客，偶入膳房效庖丁。

无题

半世疏狂不言老，犹望阴山试战袍。
壮士裹尸凯旋日，饮血残阳马断萧。

（五）祭奠

为塘沽大爆炸罹难者而作

雷响万钧动天地，半空烈焰隔生死。
感恩故友得平安，最痛青春逝火里。

遥祭曼翁

身困孤礁日月长，不平世事双肩扛。
人生七十始封帅，正义不死永流芳。

为马航失联客机作

万里长空何处寻，千顷碧海杳无音。
此命由天谁可解？劝君怜惜眼前人。

七七事变七十八周年祭

卢沟晓月暗硝烟，血溅中原万骨寒。
纵令穷兵更黩武，蒙羞铩羽终究还！

东瀛吊屈子

离骚一唱三千载，幽恨永留九万里。
不悔汨罗投江时，魂飞楚天求知己。

（六）其他

和吴老《赞98年版电视剧〈水浒〉》

梁山好汉耀千秋，演绎荧屏续风流。
老版力压新版戏，从今新戏皆可休。

和云中飞龙《悲秋》

偶有暖阳不足喜，西风一至俱添衣。

今朝尚有千般绿，叶落时节剩秋思。

教小儿西游故事有感·悟空

大圣东海曾借宝，荡平天宇逞英豪。

五行山下五百年，不服如来不服老。

观时局有感

弹丸钓岛掀巨浪，战与不战费思量。

借我三千蒙元舰，便吞东瀛拓海疆。

咏伊水

洛水神姿梦里见，曹公美赋九州羡。

石窟一睡误千年，卿守故都我来晚。

戏吟双十节

待到子时抢秒杀，一年一度看奴家！

满存钱入支付宝，剁手之前休咬牙！

闻宜昌旧日同窗音讯而作

忽传音讯旧同窗，便起相思到故乡。

灵秀山川天地美，纯真儿女岁月长。

一朝踌躇为壮志，三载悠悠在学堂。

纵有多情明妃事，当时只贪闻书香。

贺小女五岁诞辰

蓬莱胜境有仙童，天地奇缘育家中。

皓齿明眸身似燕，稚音绕梁凌霄宫。

北京小学开学典礼

送儿识字进学堂，吾与儿心两茫茫。

一入书山勤作径，学成不易征途长。

与友人赛球并夜饮房山

久未执拍恐技疏，拼得汗洒坠雨珠。

尽兴还需沽美酒，三杯对饮暑热除。

从商偶书[①]

沙场自古多杀戮，剑影刀光血为书。
商战惨烈似战场，利如真经万念除。

鲜有老板重仁义，人生幸事遇陶朱。
麾下老将吞山河，军营新兵岂畏苦。

亲如家园乐融融，管他商海几沉浮。
雄关漫漫若等闲，请听大帅镭战鼓。

京城客

古城紫禁风流聚，富贵荣华心常虑。
美酒丝竹歌舞续，青春柳絮随风去。

赏花

人有少年花有季，一朝花落人叹息。
春秋轮替人将老，来岁春归花可期。

下厨房

偶系围裙下厨房，心忧技疏手眼忙。
油盐酱醋次第撒，家宴告成满堂香。

---

① 癸巳年隆冬时节，友之公司对其礼遇有加，友甚感激，遂应其邀请而作此篇。

夜舞

二环桥畔遇歌舞，璀璨喧嚣今胜古。
曲尽忧来独一人，今宵欲醉饮何处。

赠友人

才气干云如有神，赤胆为民情义真。
纵横天地何所惧，与君比肩无一人。

第三章　新诗

（一）触景感吟

夜游湄公河

夜幕中的湄公河啊，
妩媚是你的外表，
浪漫是你的内心。
远道而来的游人啊，
请放缓你匆匆的脚步，
也请放松你疲惫的心灵，
因为
在这里，
东方小巴黎，
正为你展开她温情的臂膀。

雪

昨日的大雪，
还没有完全融化，
今夜的雪花，
又开始静静地下。
童话里的情节，
大灰狼还没有敲门，
小白兔等着爸爸。

昨日的大雪，
还没有完全融化，
今夜的雪花，
又开始静静地下。
故事里的情节，
前一回你还没离家，
后一回我在天涯。

昨日的大雪，
还没有完全融化，
今夜的雪花，
又开始静静地下。
现实里的情节，
你已走过下一路口，
我还在痴等着她。

寒雪还未融化，
是在等候另一场大雪吗？
往日的情愫，
和今天的想法，

如何绘成你心底的画。
大雪不再纷飞，
京城里的霾却一直地下。
我摸索着走到你面前，
竟看不清你欢笑的牙。
好吧，
那就用心去感受，
朦胧的世界，
何处是久别的家？

柳絮的表达

柳絮在诗词里飘飞着轻柔，
恰是古人表达浪漫美好的时候。
你站在长安街的尽头，
舞动的柳絮让你禁不住发愁。
眼前一栋栋高楼，
和人们内心狂热的追求，
是不是已将诗意的自然赶走？

可曾想见杨柳在晓风残月的岸边将客人挽留，
若是多情的柳絮飘过兰舟，
送别的人儿更难放手。

你却在嘈杂喧闹的路口，
对着手机隔空大吼。
恼人的柳絮惹得你拼命咳嗽，
我坐在茶楼里思索着历史与现实的鸿沟。

眼睛的情人

这样的白云，
多么像眼睛的情人！
一旦邂逅，
便似丢了魂，
不想离开她哪怕半分。
呆呆地在天上找寻，
希望能留下一个热吻，
世间最美的就是她的唇！

望月

夜空若少了月亮，
这世间不知要湮灭多少梦想。
一切的浪漫和向往，
都比不上，
你在这儿温柔发光。
一点儿也感受不到你的沧桑，

你就像春姑娘。
我却知道你一直在端详，
这不断洒着血和泪的土壤。

寒风

风果断地迎了过来，
它不屑一顾地，
准备摧毁，
我跑步的计划，
和战胜寒冷的欲望。

寒风哪里知道，
这终日徜徉在写字楼的双脚，
更渴望在大地上奔跑，
哪怕这意味着与它结实地碰撞。

寒风低估了我的决心，
我已鼓起战胜它的勇气，
就像我们远古的祖先，
孤独地淌过漫长的冰河，
固执地走向远方。

大风里的云团

硕大的云团，
一如扬帆的海船，
伴着大风的呐喊，
迅疾地驶向未知的海湾。
如此壮观，
又如此短暂，
海船们深深迷住你的眼，
又让你涩涩心酸，
因为他们一旦驶过便不再返还。

雨后街角的无名花

我收起伞，
在若有若无的雨里行色匆匆，
顺势低下头，
这样便无人看见我一脸愁容。
恰在这时，
我看到你在街角那惊艳的一抹红，
不由得我停下脚步，
盘桓许久想把你看清读懂。
终于惊喜地发现，

此刻你我第一次在这世间相逢。
雨滴簇拥着你，
把你最好的生命向我传颂，
我满心欢喜，
想给你一世的娇宠。

冬·春

你说，你瞧，
春天即将来到，
冬天终将溃逃。
我也明了，
春天也将走掉，
冬天还将来到。

花之果

在春天，
见过你。
粉白的花瓣娇滴滴，
曾让我满心欢喜，
纵然叫不出你的芳名，
也不禁为你的妩媚着迷。

一夜春风，
花儿不舍依依。
落下枝头，
扑向大地，
每个清晨走过你的身旁，
你可曾听见我的叹息。

初夏的傍晚，
我慢慢走近你。
终于在葱翠的枝叶间把你读懂，
你诞下的桃果，
令我欣喜不已，
那是你的下一段传奇。

（二）感怀

蓝光的夜

黑夜，
给了我们黑色的眼睛，
我们用黑色的眼睛度过了在蓝光的每一个夜晚。

静寂的夜里，

一切都归于无言，

能触摸到的，

唯有我们年轻的灵魂，

和火热的心跳。

在雄鸡啼叫后，

我们看到那冉冉上升的朝阳，

和划过天空的那一抹蓝光。

读史

我在夜里看二十四史，

书里的人说，

嘿，老弟，

其实我不是你看到的样子。

我说，

嘿，老兄

我知道我无法清楚地看清你，

我只是习惯读史。

其实，我也不能清楚地知道，

若干年后，

我在史书中的样子。

怀念海子

你是查海生，
却因海子而闻名。
你曾面朝大海，
憧憬春暖花开；
最后却俯卧山海关，
在隆隆的轰鸣声中离开。

我也曾遨游四海，
看那沧海桑田。
现在我明了，
你为大海而生，
最后向海而死，
因为在大海里，
才有我们向往的自由，
和生命的原动力。

诗心妄想

小学之前的回忆，
还浸泡在村前的那个小池塘，
我坐在大木盆里，

寻找鼓得满满的莲蓬，
一边躲避着水里刺眼的太阳。
远处的人们在田里插秧，
却总摆脱不掉那嗜血的蚂蟥。
辛劳一天我们，
晚上数着满天的星斗，
躺在晒谷场上。

后来的我，却那么爱诗，
爱她的多情情长，
爱她的狂野奔放
淡淡忧伤，
痴迷幻想。
戴红领巾的那一年，
我念着：
举头望明月，
低头思故乡。
我在城里的夜晚，
望着熟悉的明月，
思念着陌生的故乡。

后来的我，却那么爱诗，
爱她的多情情长，
爱她的狂野奔放
淡淡忧伤，
痴迷幻想。
进入初中的那一年，
我读着：
蒹葭苍苍，
白露为霜。
我在江堤的夜晚，
想象着含霜芦苇，
却守着低吼的长江。

后来的我，却那么爱诗，
爱她的多情情长，
爱她的狂野奔放
淡淡忧伤，
痴迷幻想。
刚上大学的那一年，
我背着：
天若有情天亦老，

人间正道是沧桑！

我在校园的夜晚，

考虑着人间沧桑，

却不懂眼前的芬芳。

后来的我却那么爱诗，

爱她的多情情长，

爱她的狂野奔放

淡淡忧伤，

痴迷幻想。

工作多年后的某年，

我写着：

人死人生人痛快，

云落云起云飞扬！

我在无梦的夜晚，

独自吟着唐诗宋词，

心思忖更远的远方。

忍着不落的花朵

满树的花朵，

你不会在我身上瞩目更多。

大风吹过，

我苦苦地忍着不落，
只为你能认出我。

冬天冻得哆嗦，
我在树的子宫里感受温暖如火。
我听到你在树旁跑过，
你的喘息和着早晨的广播，
我盼着解开春之锁，
那时你会一眼认出我。

满树的花朵，
你不会在我身上瞩目更多。
大风吹过，
我苦苦地忍着不落，
只为你能认出我。

也许是我的错，
昨夜我听到树下你和她的诉说。
你的手在她发梢抚摸，
我心里腾起那膨胀的烈火。
我心里暗暗念着佛，

知道我们已没有结果。

满树的花朵，
你不会在我身上瞩目更多。
大风吹过，
我苦苦地忍着不落，
只为你能认出我。

我已中了心魔，
奄奄一息却拼尽全力忍着不落。
风与我斗得你死我活，
肉体虽在灵魂已被你剥夺。
你转身仿佛才路过，
我纵身一跃不知对错。

思亲

我的亲人，
想您有多深，
我已无法辨分。
我的第一首诗便是为报答您的恩，
多年来一千多首诗文，
全是为陪伴您孤寂的魂。

不可承受之重

每个人都如此地不同，
都在不屈地追逐着自己的梦。
少年的懵懂，
青年的昂扬，
中年的沉重，
在每个十字路口，
我们都渴望与过去的自己相依重逢。

你没有陪他度过那个寒冷的冬，
你便无法体会他曾受过的冻。
他总把自己裹得严严实实躲避朔风，
旁人在嘲笑他的怂。
其实他啊，
是不想再面对寒冷不可承受之重。

每个人都如此地不同，
都在不屈地追逐着自己的梦。
少年的懵懂，
青年的昂扬，
中年的沉重，

在每个十字路口，
我们都渴望与过去的自己相依重逢。

你没在胜利前夜与他并肩冲锋，
便无法体会他胜利后的从容。
在枪林弹雨间他流的血如夕阳般红，
旁人赞颂他为英雄。
其实他啊，
也曾面对生死选择不可承受之重。

每个人都如此地不同，
都在不屈地追逐着自己的梦。
少年的懵懂，
青年的昂扬，
中年的沉重，
在每个十字路口，
我们都渴望与过去的自己相依重逢。

你没有透过他的双眼仰望星空，
便无法体会他离别时的躁动。
一段感情像首起承转合的诗你不懂，

他眼睛似因风而肿。

其实他啊，

是无法面对诀别时不可承受之痛。

诗与远方的诱惑

生活你不苟且，

便永无诗与远方。

你说星空璀璨让你沉醉，

可你双脚还站在黑黑的大地之上。

诗与远方有多美好，

生活的苟且就有多漫长。

年轻的诗人海子不屑苟且，

他的诗歌也没能把他引向更远的远方。

沉重的火车头在孱弱身躯上狠狠碾压，

那窒息的快意胜过一切苟且的彷徨，

诗人只能躺在古老的关隘，

憧憬着春暖花开的海洋。

一棵草的种子在撒哈拉深处吹落，

她曾企盼吟着诗飘向远方，

但在沙粒的炙烤下她只能苟且偷生，

一遍遍提醒自己只要活着就有希望。

她拼命吮吸沙漠里唯一一次降水忍着不死，

只为来年送别后代随风流浪。

你是不是看不惯眼前的苟且，

抱怨它正在吞噬你的梦想。

为何不学学流落在撒哈拉深处的那颗种子？

她和后代的荣耀配得上她曾受到的苦痛和灼伤，

你煎熬地走出无尽的沙漠，

诗会伴着你迈向远方。

我必须

一个人的时候，

我必须竭尽全力，

如此才能在世人面前，

显得毫不费力。

在别人挑剔的眼光下，

我必须小心翼翼，

如此才能在一个人的时候，

也可以偶尔自暴自弃。

当委屈逐渐加码，
我必须放松呼吸，
如此才能在漫漫长夜，
不让失眠苦苦相逼。

成功总是玩着捉迷藏，
我必须不疲不急，
如此才能熬到那一天，
邂逅迟到的奇迹。

掌声潮涌而来，
我必须忍住欢喜，
如此才能在喧嚣的世界里，
永不迷失自己。

在路上

走在路上，
我心向远方。
在每一个拐弯处我不能彷徨，
我的柔肠，
早已被等待灼伤。
我循着光芒，
四处流浪。

我承认是一匹走散的野狼，
锋利的爪子扎进祖先曾驰骋的土壤，
不去抱怨没有鹰一般的翅膀。
面前海一样的草场，
出现了我久违的心爱的小羊。
为了能抱着她紧挨我的胸膛，
我奔跑得如此疲惫疯狂，
因为我知道我若不坚强，
没人替我硬扛！

我健步如飞似子弹离开枪膛，
在离小羊不足一尺的距离将她迅速打量：
她的眼睛纯净而透着善良，
她的毛发洁白而漂亮，
她的仪态温柔而端庄。
我的心里不禁发慌，
我认出她便是我梦中的新娘。
可长久的饥饿使我忘记一切浪漫的想象，
我扑上去咬住她的脖子死死不放。

我感到她流下的血液是那么滚烫，
泪水逐渐迷住我的眼眶，
我暗暗告诉自己如果下辈子她是匹野狼，
我一定要成为她利爪下的新娘！

终于有一天我望着夕阳，
奄奄一息地回忆过往。
我已无法坚强，
我开始走向死亡。
我听到血管的血液渐渐停止流淌，
可我不愿你们看到我死后孱弱萎缩的模样，
我祈祷上苍，
因为我最后希望，
一场漫卷天地的暴风雪刮过山冈，
将我的身躯深深埋葬。

我的传记的最后一章，
是多年后你沐浴如雪的月光，
隔着那满是狼图腾的纱窗，
甜甜地进入梦乡。
我的魂魄随着你的呼吸在夜空荡漾，

你的梦一定发生在只有我俩的城邦，
我的身躯还埋在积雪的山梁。
原谅我无法陪在你的身旁，
我在远方山谷一声高喊引吭，
你是否听见我的绝响。

这饱含深情的高喊胜过一切动人的演唱，
连佛祖也无法抵挡。
他轻轻移开我身上厚厚的雪霜，
我的身躯在冰冻之下依然健壮。
佛祖靠近我的脸庞，
说道：复活吧，你这未加冕的草原之王！
刹那间我浑身充满力量，
我长睡的双眼猛地一张，
壮硕的身躯已跃出数丈，
我知道我要向着前世的梦想，
继续不屈地闯荡。

就算

就算是一个舶来品，
也不能阻挡我们在这一天表达感恩之心。

就算母亲听得糊涂，
也会在这一天欣然接受儿子电话里的祝福。

就算世间沧桑巨变，
也会有一个人给你的爱不设条件。

日记

我最亲爱的孩子，
你总是满腹委屈地问我：
钢琴要弹到什么时候才可以躺下休息？
我知道你还年幼无法理解努力的全部含义，
只是答应你，
把钢琴弹好让老师满意，
爸爸会有奖励。

我最亲爱的朋友，
你常常一脸愁容地问我：
工作要做到什么程度才可以接近胜利，
我知道你非常努力却总无建树已准备放弃。
于是告诉你：
要成功你必须一直努力，
直到无能为力。

我眼睛中的自己，
也曾经身心疲惫地自问：
人生要奔跑到什么地方才能达到目的？
我知道这一路上的风景充满诱惑惹人着迷，
便写下日记，
要成功我必须一直努力，
直到感动自己。

我应该

现实很坚硬，
诗歌很柔软，
我应该在二者间从容切换。

有时我离你很近，
有时你离我很远，
我应该对此微笑着习惯。

时间总在不经意间流逝，
事情不会在睡觉前做完，
我应该不急不烦。

春天走得太快，

夏天过得太慢，
我应该保持一份淡然。

悼杨绛先生

长寿的人是幸福的，
因为人生旅程够长，
可以不慌不忙。

长寿的人是遗憾的，
因为亲人去了天堂，
没人可以分享。

长寿的人是丰富的，
因为经过山花海浪，
早已看淡沧桑。

长寿的人是可敬的，
她讲她们仨的时光，
抚慰你的忧伤。

长寿的人是可亲的，
便如那外婆的模样，
此生永不相忘。

晨思

清新的早晨，
蓝蓝的天，
白白的云，
还有这凉风的亲吻。

活力的京城，
突围的喜，
破茧的疼，
我的剧本我的人生。

金色的年华，
痴心随梦，
细沙成塔，
日赋一诗终老天涯。

面向草原

清晨，
我爬上了草原之巅。
寒风刺疼了我的双眼，
碧草覆盖的大地尚在沉睡，
浓重的乌云依旧在天上舒展。
几匹马儿悠闲地吃着草，

出现在山的那一边。
那不知名的山花，
独自听着我放肆地呐喊。

亲人们啊，
请在我老去的时候，
扶我爬上这草原之巅。
让我静静躺在山顶，
回忆从前，
既品味荣耀，
也忘却遗憾。
在生命的最后一刻，
我希望草原的群狼将我围住，
他们露出锋利的牙齿向我进犯，
我会拼命回击，
直至他们撕碎我的身体，
直至鲜血流干！
我的子孙们啊，
当你们思念我的时候，
请相信我已幻化成狼，
请走向北方，
请面向草原。